「僕が皇帝を討つ」
「皇帝を倒して国を僕らの手に取り戻そう！」
《第二話 潜入
魔眼と弾丸を使って異世界をぶち抜く！18

「――だが、先に戦わなければならない
相手がいるようだな」

「貴様らが救出部隊の本命か？」
《第二話　潜入》

「……全て、ぶち抜け」
『承知した』
その返事は遥か上空で発せられる。
《第四話

魔眼と弾丸を使って異世界をぶち抜く！

18

かたなかじ

イラスト：赤井てら

Author:Katanakaji

Illustration:Akai tera

口絵・本文イラスト　赤井てら

前巻のあらすじ

邪神《じゃしん》との戦いに備え、これまでの壮絶《そうぜつ》な戦いを経《へ》て、そろそろ寿命《じゅみょう》を迎《むか》えようとしているサエモンの刀を新しくしようと、新しい刀を探す旅に出たアタルたち一行。

サエモンの記憶《きおく》にあるクロガネ村という場所にあたりをつけて向かうことに。

村につくと、アタル、キャロ、サエモンの三人で刀、もしくはそれをうてる刀鍛冶《かたなかじ》を探していく。

いくつかの店、工房《こうぼう》をあたってみるが、これといった武器を置いてある店はない。

いい武器がないならば、そこにはいい職人もいないことになる。

いつものごとく情報集めをするために酒場に立ち寄る。

『ヤタガラスの惰眠亭《だみんてい》』で客たちに酒を振《ふ》る舞《ま》いながら話を聞いていくが、なかなかこれといった情報はない。

諦《あきら》めかけたとき、ある女性から話しかけられる。

名前をサヤといい、彼女《かのじょ》の兄ツルギは自信を失っているが、実力のある刀鍛冶とのことで彼《かれ》を訪ねることになった。

酒に逃《に》げていた彼に青龍《せいりゅう》の鱗《うろこ》を見せると、未知の素材に職人魂《だましい》が揺《ゆ》さぶられる。

工房に特別な竜隕鉄《りゅういんてつ》という金属があり、アタルが魔眼《まがん》で見たところ、かなりの力を秘《ひ》めていることがわかる。

これで武器を作ってほしいと話すが、ツルギは首を横に振った。

サエモンが持つに値する刀を打つためには必要なものが二つある。

一つは、竜隕鉄と同等の力を持つ金属。

これにはイフリアから心当たりがあるとの話があった。

彼の故郷である精霊郷《せいれいきょう》にある金属——霊王銀《れいおうぎん》。

それを求めてアタル、キャロ、イフリアは精霊郷に向かうことにする。

もう一つは、自分と同等以上の鍛冶師《かじ》で槌《つち》を打つのに呼吸を合わせられる人物。

これはツルギとサヤの父親ヤマブキが相応《ふさわ》しいということで、ヤマブキ捜《さが》しはサエモン、リリア、バルキアス、そしてツルギが担当する。

精霊郷では、アタルたちの力を試《ため》すということで火と風の大精霊と戦う。

もちろん勝利するが、不満のある精霊たちをアタルがまとめて全て撃《う》ち落としていく。

さらにここで、雷《かみなり》、土、水の大精霊とも戦うが、これにも圧倒的《あっとうてき》な勝利を収める。

結果的に精霊王までもが興味を持ったことで、彼ともアタルたち三人で戦うことになった。

その勝利の報酬《ほうしゅう》として霊王銀を譲《ゆず》り受ける。

加えて邪神との戦いの際に力を貸してもらう約束も取り付けた。

さらに飲んだ者の魔力《まりょく》を強化する精霊酒のおまけつきという上々の結果を得られる。

一方でヤマブキ捜しの旅に出ていたサエモンたちは、情報を集めた結果、聖王国リベルテリアへとやってきていた。

ここに滞在《たいざい》していたという刀鍛冶の情報を手に入れる。

しかし、今は北にあるクラグラント帝国《ていこく》にいるらしく、これまでの旅路で帝国が軍事に傾倒《けいとう》し、かつ閉鎖的《へいさてき》であることを知っていた彼らは、アタルたちが合流するのを待つことにした。

その間、リリアとサエモンはこの国の騎士《きし》や冒険者《ぼうけんしゃ》と訓練をして腕《うで》を磨《みが》いていく。

特に元Sランク冒険者のハルバは彼らにとって、互《たが》いを高めあうのにちょうどいい相手だった。

その後、アタルたちと合流した彼らは、ヤマブキを捜すために北のクラグラント帝国へ向かった。

クラグラント帝国にたどり着いたアタルたちは、閉鎖的だという事前情報とは裏腹にすんなり入国できた。

それはこの国をなんとかしようとしているレジスタンスの動きによるもので、そこのリーダーコウタと会うことになる。

実はコウタは転生者であり、この世界に生まれ変わったとのこと。

大規模作戦を決行するために、アタルたちの力を借りたいとコウタは話すが、キルは納《なっ》得《とく》していない。

そして、アタルたちの力を証明するために戦った。

そこで実力を示したアタルたちは、職人たちを救い出すための作戦に参加することになったのだった……。

第一話　会議

「さあ、入って下さい！」

レジスタンスたちに実力を認められたアタルたちは、職人奪還《だっかん》作戦についての詳《くわ》しい話をするために、コウタの案内で部屋へと戻《もど》ってきた。

「キル、みなさんに飲み物を用意して、僕《ぼく》はテーブルを片づけるから！」

ニコニコ顔のコウタは、大きなテーブルの上にあるものを雑多に別の場所へどかす。

「はあ、わかりました」

ここまでくるとキルも反論することなく、指示どおりに飲み物をとりにキッチンへと向かって行った。

「それで、なにが始まるんだ？」

「少々お待ち下さい。まずは、これを、っと」

アタルの質問に答えるように、コウタは空いたテーブルの上に大きな地図を広げていく。

「これが帝国領《ていこくりょう》の地図になります」

「なかなか広いな」

「ですね、これまでに行った国と比べてもかなりの広さだと思いますっ」

詳細《しょうさい》に書かれた地図を見たアタルの言葉に、頷《うなず》きながらキャロが続く。

「それにしても……」

サエモンは、あごに手をあててなにかに気づいた様子で、訝《いぶか》し気《げ》な表情になっている。

「ガラガラだねえ」

レイラの言葉がサエモンの表情の理由を示していた。

この世界――グレストリアの北方を占《し》める帝国の領土は広大で、かなりの面積が帝国の領地になっている。

しかし、詳細に書かれている帝国領内の地図には街や村などは少なく、土地が肥沃《ひよく》でないという前情報通り、森や大きな河川《かせん》などの自然もほとんどない。

それがこの帝国の現状だった。

「いくら広いからといっても、こんなに何もないとはな……少し異常じゃないか？」

帝国に近づくにつれて木々は減っていき、荒《あ》れ地《ち》が増えていたのはアタルも感じていた。

他の地域よりは北にあるために寒いだけで、このあたりはもともと砂漠《さばく》地帯というわけでもない。

だが、土地は涸《か》れ、荒れ地は広がる一方だった。

「このあたりは雨が降らないのか？」

それならば、大地が乾《かわ》いてこんな風になっても仕方ないか、とアタルは考え、質問する。

「……いえ、他の場所と大きく変わらない程度には降ると思います」

ちょうどお茶を配りだしたキルが少し考えて答える。

彼は帝国に来る前は別の土地にいたため、この比較《ひかく》をすることができる。

「なるほど、となると別のところに理由がありそうだが……まあ、今はわからないから気に留めておく程度にしよう。コウタ、続けてくれ」

コウタは頷くと地図の南に位置する街を指さす。

「ここが、僕たちがいるクラグラント帝国領の玄関口《げんかんぐち》である『エルセル』です」

帝国内でも比較的《ひかくてき》大きな街であり、住民も首都に次いで多い。

玄関口であるがゆえにレジスタンスが外と連絡《れんらく》をとるのにちょうどよく、コウタたちはこの街を根城にしていた。

「そして、ここから北に行った場所に帝国の首都である『ボルガルン』があります」

その名を口にした瞬間《しゅんかん》、コウタの目つきが鋭《するど》くなり、キルも地図を睨《にら》みつける。

「なるほど、そこに帝国のトップであるイグダル皇帝《こうてい》がいるということか。そいつらを討って帝国に平和を取り戻すのがレジスタンスの最終目標、と」

このアタルの言葉に、コウタとキルは大きく頷いていた。

それこそが彼らの悲願であり、それが成された時にやっと彼らはレジスタンスという枠《わく》組《ぐ》みから解放される。

「ですが、今回の目的はもう少し小さく、それでいて重要なものとなります」

そのままコウタが指さしたのは、ボルガルンから東に向かった場所。

それこそが、ここまでにも何度か話に出た職人村だった。

辛《かろ》うじて残っている小さな木々の真ん中に作られた場所だ。

「ここにアタルさんたちの捜す人物がいて、その他の職人たちも囚《とら》われています。彼らは国のために劣悪《れつあく》な環境《かんきょう》で働かされているとのことです」

なるべく感情をのせないように淡々《たんたん》と話そうとコウタは心がけている。

だが彼の性根《しょうね》は善人であるため、このようなことを許せないと強く想《おも》っており、それは表情にも浮《う》かんでいた。

「生かすために最低限の食事は与《あた》えられていますが、かなり過酷《かこく》な労働を強制されていて、中には劣悪な環境に耐《た》えきれず、死ぬ者もいると聞いています」

険しい顔のコウタの言葉を受けて、キルが冷静に続きを補足していく。

「酷《ひど》い……」

悲痛な面持《おもも》ちでキュッとこぶしを握《にぎ》ったキャロは奴隷《どれい》時代のことを思い出している。

だからこそ、まだ見ぬ職人たちが辛《つら》い目にあっていることを考えて心を痛めている。

「だったら、なるべく早く行きたいね！」

力強くそう言い切ったリリアも苦しんでいる人たちを早く助けてあげたいと考えていた。

「それで、職人村解放の決行日はいつなんだ？」

サエモンも憤《いきどお》りを覚えており、すぐに行動したいと日程を質問する。

「まだ各地に散らばっているメンバーがいるため、彼らが集まってからになりますので……だいたい五日後を予定しています」

大きな作戦であり、準備にかける時間を考えると、これが最速だった。

「五日後か。それでどんな作戦で行くんだ？」

アタルは内心でなかなか長いものだなと思いつつ、次の話題に移っていく。

「それは私が説明しましょう」

キルが部隊を示す小さな人型の模型を手にして、テーブルへとやってくる。

「まず、私が率いる陽動部隊が首都ボルガルンへと攻《せ》め込《こ》みます。本気でいかなければ相手が誘《さそ》いに乗らず陽動にならないので、命をかけた部隊になります」

さらっと命をかけるとキルが言うため、キャロの表情が曇《くも》る。

「それから少し時間をおいて、コウタ率いる部隊が職人村に向かって救出を決行するというものです」

キルが話すレジスタンスたちの作戦自体は口にすればシンプルだ。

陽動している部隊を目くらましに目的を達成するというもの。

「アタルさんたちは職人を探しているということなので、救出作戦側を手伝っていただければと思っています」

コウタはそう言って笑顔《えがお》を見せた。

作戦の中でアタルたちがやることも明確である。

「やることはわかりやすいが、かなり危険なんじゃないか?」

あまりにもシンプル過ぎる作戦に、アタルは本当に成功するのかと、不安を覚えていた。

敵である皇帝の本拠地《ほんきょち》であるボルガルン。

そして、技術を持つ職人たちが一か所に集められている職人村。

どちらも帝国にとって重要拠点《きょてん》であるため、防衛も強化されていると容易に予想できる。

「はい、それはアタルさんのおっしゃるとおりです」

答えるコウタの表情は真剣《しんけん》そのもので、先ほどまでの優《やさ》しそうな様子はなりを潜《ひそ》めている。

「まず首都のほうですが、皇帝自身の能力が突出《とっしゅつ》していて、彼に敵《かな》う者はクラグラント広しといえども、誰《だれ》ひとりとしていないと言われています。その皇帝を守る近衛騎士部隊は彼自身が鍛《きた》えた精鋭揃《せいえいぞろ》いで、腕前《うでまえ》は皇帝に次ぐ者たちです。彼らは白い鎧《よろい》を身にまとっています」

皇帝を相手にするならば、彼自らが鍛え上げた近衛騎士との戦いは避《さ》けられない。

「さらに帝国所属の騎士たちの中から選抜《せんばつ》された、力を持つ者だけが許された黒い鎧を着用した黒騎士部隊。彼らが帝国そのものを守る主戦力と言われています」

「こちらも決して侮《あなど》れない精鋭揃いです」

コウタの説明に、硬《かた》い表情のキルが言葉を付け足していく。

「それ以外にも、軍事に力をいれている帝国にはたくさんの騎士や兵士がいて、その数は恐《おそ》らくよその大国と比べても遜色《そんしょく》ない……どころか、上回るかもしれません」

それだけの数ともなると、レジスタンス側もかなりの人数がいるといっても厳しい戦いになると予想できる。

「なるほど……」

聞けば聞くほどに、アタルは今回の作戦の成否に対して不安を覚えた。

今までであれば、アタルが作戦を主導しているため、アタルの指示が、キャロたちの行動が勝敗を決めていた。

しかし、今回の作戦の主軸《しゅじく》はコウタたちレジスタンスになる。

(俺《おれ》が作戦自体に大きく口出しするのは違《ちが》うよなあ)

果たしてレジスタンスたちはボルガルンでの戦いで皇帝たちをひきつけて、なおかつ負けずにいられるのか。

そう思っていてもなにも言えないもどかしさをアタルは感じていた。

「…………あの」

その考えを察知したわけではないが、コウタが言いづらそうに口を開く。

「先ほどキルが説明してくれた作戦なんですが、少し変更《へんこう》を加えたいと思っています」

「――えっ？」

直前の予定変更発言にキルは驚《おどろ》いてしまう。

今回の作戦に関しては、アタルたちがやってくる前から決まっていたことで、長いことレジスタンス内で話し合って来た末に決定したものである。

それを変更する。

しかも、最側近である自分に相談なしでということに、キルは信じられないという表情を浮かべて固まっている。

「首都ボルガルンを攻めるのは僕が率いる部隊にします」

「ほう」

アタルはこの作戦を聞いて、コウタの考えに興味が湧《わ》いた。

首都ボルガルンは帝国のお膝元《ひざもと》。

キルが率いる部隊であるならば、戦い抜《ぬ》けるのか不安が強かった。

しかし、転生者で実力者のコウタがいるとなれば話は違ってくる。

「っ、コウタ⁉　それはどういうことですか！」

キルは慌《あわ》てた様子で、コウタの隣《となり》に移動して声を荒《あら》らげて詰問《きつもん》する。

自分のことが信じられないのか？　という思いが強く湧き上がっていた。

「……それが、この戦いで一番可能性の高い選択《せんたく》だと思うから」

そう言い切ったコウタの表情は強い決意を秘めていた。

コウタはこの戦いに皇帝が、もしくは近衛部隊が出てくると踏《ふ》んでいる。

そうでなくとも元々ボルガルンの防衛は強力であり、挑《いど》むならば本気でなければならないと判断していた。

「あぁ、俺もそれがいいと思う」

この作戦に真っ先に賛成したのはアタルである。

「あなたは黙《だま》っていて下さい！」

実力は認めていても仲間とは認めていないキルはそれに強く反応して怒鳴《どな》りつけ、睨みつけた。

「いや、黙らない」

「――なっ⁉」

即答《そくとう》したアタルに、キルは目を見開いて怒《いか》りをあらわにする。

そんな彼に対してアタルは揺らぐことなく、冷静な態度で真っすぐに目を見て答える。

「今回の作戦はもともとお前たちが考えたものだ。それを否定するつもりはない」

まずはキルたちの作戦の正当性を話す。

「だが、果たしてもともとの作戦のままで皇帝のいる首都ボルガルンを攻めてまともに戦えるのか？　と疑問に思っていた」

アタルは言葉を止めるつもりはなく、分析《ぶんせき》した結果を話していく。

「戦力的にもそうだが、それ以上になにかが足りないと感じていた……だが、コウタの率いる部隊がボルガルンに行く、それが一番可能性の高い選択だと聞いてようやくしっくりきた」

そうして、視線をコウタへと移していく。

「お前なら戦える」

首都攻防戦《こうぼうせん》という、命がけともいえる作戦を率いることができるのはレジスタンスのリーダーであるコウタしかいないとアタルは感じていた。

（この帝国での戦いにおける主人公はコウタだ。それは俺でも、キルでもない）

これはアタルの直感であり、運命を感じたといってもいい。

そんな不確定な要素であっても、ここはコウタが行くべきだと不思議な確信をアタルは持っていた。

「はい、やります！」

アタルの力強い言葉に、激励《げきれい》をもらった気持ちになったコウタは力強く宣言する。

（アタルさんはすごい！）

先ほど自分がやるとは言ったものの、それでもどこか不安があった。

そんな気持ちもアタルの言葉を受けただけで、不思議と全て吹《ふ》き飛んでいた。

「キル、君が不満なのもわかるけど、やっぱりリーダーの僕がいた方が本気でボルガルンを攻めるつもりだって、相手に伝わると思うんだ。僕たち幹部は顔が知られているし、向こうも本気になるからこそ、陽動としての役割を果たせるんじゃないかって」

勢いとノリで提案しているわけではなく、コウタもこれならいける、こうしたほうが作戦の成功率が上がるという算段のもとである。

「……わかりました」

完全に納得している、というわけではないが、少し感情を押《お》し殺すように口を噤《つぐ》んだキルも一息つくとコウタの意見を尊重することにする。

「では、ボルガルンをコウタの部隊が攻めて、私が率いる部隊とアタルさんたちで職人村を攻めるということですかね？」

ボルガルン攻《ぜ》めにコウタを要するとなると、他の人員に関しても変更を考えなければならない。

正直なところをいえば、レジスタンスではないアタルたちに任せるのはキルも不安ではあったものの、これしか選択肢《せんたくし》はないと作戦変更する。

「いや、それもちょっと変えようと思ってるんだ……」

ゆるく首を振ってボルガルンを指さすコウタ。

「まず、僕が率いる第一部隊がボルガルンを攻撃《こうげき》する」

続いて職人村の西側入り口を指さす。

「次にキルが率いる第二部隊が職人村へ攻撃を開始する」

ここまではキルが言ったことと同じ内容である。

「職人村の周囲には魔物《まもの》を使役《しえき》する部隊がいるのは、キルも知っているよね？」

この言葉に、キルは無言で頷く。

「魔物の数はかなり多くて、これまでも職人村から脱走《だっそう》する人はその魔物たちにやられてしまっている。今回の救出作戦では、それをひきつける役目が必要になる。重要な役目だからこそキルにお願いしたいんだ」

信頼《しんらい》できるからこそ、この第二部隊をキルに頼《たの》んでいる。

その想いを真っすぐに伝えていく。

「わかりました。リーダーであるあなたがそこまで言うのであれば、その役目、責任をもって引き受けましょう」

キルの顔に先ほどまでの不満や憤りなどは全くなく、つきものがとれたかのようなスッキリとした表情になっていた。

「そして、最後の鍵《かぎ》となるのがアタルさんたち第三部隊です。アタルさんたちはみなさんだけで、東側から潜入《せんにゅう》して職人たちの救出をお願いします」

コウタとキルはそれぞれリーダーとして部隊を率いた大人数になっており、アタルたちだけが少数となる。

「なるほどな、せっかく二人が陽動を買っててでてくれているから、個々の能力の高い俺たちに救出を任せる、ということか」

アタルは改めてコウタの作戦を言葉にしていく。

コウタはそれに大きく頷いた。

本来であれば、救出をコウタが請《う》け負うはずだったが、アタルたちという突出した戦力が手元にあるならば、コウタは彼らを信頼し、そちらを本命にするのが正しいという判断を下した。

「承知した。必ず無事に職人たちを全員助け出すと約束しよう」

アタルの力強い返事に、コウタはぱあっと笑顔になり、アタルの仲間たちもそれぞれ頷いていた。

「この作戦なら三段構えであることで、相手に気づかせず結果を出せそうですねっ」

キャロもアタルと同様に不安を感じていたが、作戦が改められたことで自信をもって臨《のぞ》むことができると感じている。

「やっと職人に会うことができるのか、なかなか感慨深《かんがいぶか》いものだ」

自分の新たな刀を手に入れるために始まった今回の職人探しの旅。

それがついに終わりを迎えるのはサエモンにとって喜ばしく、そして期待に胸が膨《ふく》らむ思いだった。

しかし、いつもならここで景気よく元気な声を出すリリアが一人なにかを考え込んでいるような表情で口を閉じていた。


その晩、アタルたちは大きな部屋を用意してもらって、明日の作戦に向けての話をしている。

「――さて、それでリリアはなんであんな顔をしていたんだ？」

落ち着いたところで、いまだ考え込んでいる様子のリリアにアタルが話を振る。

「えっ？　あー、気づいてたんだ……」

まさかそれに気づかれていると思っていなかったリリアは、少し気まずそうに驚いていた。

「あぁ、作戦について不満がある、という感じじゃなかったから、なにか思いついたことがあるんだろうと思ってな」

アタルは仲間の変化をしっかりと見ており、リリアの考えを聞きたいと思っていた。

「うーん、なんていうか作戦を聞いていて思いついたことがあったんだよね。でも、今回は私たちの作戦じゃなくて、レジスタンスの作戦だから勝手になにかするわけにもいかないし……。だからアタルもコウタたちの作戦に口出す時、気をつかってたでしょ？」

アタルと同じような考えをリリアも抱《いだ》いていた。

「わ、私もですっ！」

キャロも同様に悩《なや》んでいたらしく、リリアの言葉に賛同する。

「あのままでも作戦は成功するとは思うのですが、なにか足りないような……」

数々の修羅場《しゅらば》をアタルとともに潜《くぐ》り抜けてきたキャロは、どこか不安を感じていた。

「それで、リリアはどんなことを考えているんだ？」

作戦会議中に既《すで》になにやら思いついていたらしいリリアへとアタルが尋《たず》ねる。

「えっとね、コウタたちの最終的な目的って帝国をひっくり返して住みやすい国にすることだよね？」

「あぁ、そうだな」

リリアからの確認《かくにん》に、アタルは頷く。

「それで、今回の作戦は職人たちを助けることで、私たちはヤマブキっていう刀鍛冶職人さんに用事がある」

今度は無言のまま、みんなが頷く。

「その点に関しては互いの利害が一致《いっち》しているからいいと思うんだけど、その先ってどうするのかな？　って……」

アタルたちの目的はサヤとツルギの父であるヤマブキという刀鍛冶職人を迎え入れて、サエモンの新しい刀をうつことである。

レジスタンスは今回、捕《と》らえられた職人たちを全員救出するのを目的にしているが、彼らの戦いはその先もあり、皇帝を倒《たお》して革命を起こしてこの国を変えることにある。

「この作戦のあと、俺たちがこの国を離《はな》れるか、そのままレジスタンスとともに戦い続けるか、が気になるってことか？」

「そう！」

アタルからの確認に対して、ずっと迷いの表情をしていたリリアが元気よく返事をする。

「だってさ、私たちには帝国のこと以外におっきい別の目的があるじゃない？　でも、コウタたちとせっかく仲良くなれたわけで……」

放ってそのままにしていなくなるというのも、リリアは居心地《いごこち》が悪かった。

「コウタさんにキルさんに、他のレジスタンスのみなさん、みんな国をなんとかしようと強い気持ちをもっていますよねっ！」

これまでにも、様々な国を渡《わた》り歩いてきた中で、みんながそれぞれの国への強い想いを持っているのを見てきた。

そして、コウタたちは下の位置から帝国をなんとか建て直そうとしている。

だから、力になってあげたいという気持ちをキャロも抱いていた。

「ふむ、しかし我々のなさねばならぬことは彼ら以上に大変なことだ。彼らは国の命運を背負っているが、我々は世界の命運を背負っていると言っても過言ではない」

サエモンは自分たちのやることを優先すべきだと言外に語っている。

「……つまりキャロとリリアはコウタたちをなんとかしてやりたい。対してサエモンは自分たちの目的を果たしたら、俺たちは自分たちの戦いに備えて動くべきだ、と。バルとイフリアはいつもどおり俺たちに任せる感じか」

アタルのこの言葉にこの場にいる全員が頷く。

それぞれが思うところはあるものの、最終的にはアタルに任せるというスタンスは同じのようで、みんながアタルの決断を待っていた。

「で、みんなの考えを酌《く》んだうえで俺が決断を下すのか……さてどうしたものかな」

アタルは何を選択するのがいいか、腕を組んで考え始めた。

そのタイミングで、ノック音が部屋の中へと響《ひび》く。

『夜分にすみません、コウタです。少し話があるんですが……』

「わかった、入ってくれ」

そんな突然《とつぜん》の来訪に対して、アタルは躊躇《ちゅうちょ》なく受け入れることにする。

「いきなりですみません」

「気にしないでくれ。みんな起きて明日のことを話していたからな」

夜間ということで眠《ねむ》っている可能性もあったが、アタルはそれを否定することで、コウタの気分を軽くさせようとしていた。

「あの、僕も明日の作戦に関して話したいことがありまして……」

しかし、コウタは緊張《きんちょう》しているらしく、どこかぎこちなさが見られる。

「なるほど……コウタも明日の作戦に関して思うところがあるようだな。実はこっちもそうなんだ」

「……えっ？」

アタルの言葉にコウタは驚いた表情をする。

キルがいたときに賛同してもらえて決意をさらに固めただけに、ビックリしていた。

「まあ、明日の作戦に関しては特に例外でも起きない限りは、救出までは問題なく行えるとは思う」

作戦に関して大きな問題はないと、まずは前提から話し始める。

だからか、コウタは何のことだろうかと不思議そうにしている。

「問題はその後だ。お前たちは今回の作戦が終わっても、この国に残って皇帝打倒《こうていだとう》を目指して戦い続けるだろ？」

「はい、それが僕たちの、この国で苦しんでいるみんなの悲願ですから」

しっかりと頷いて力強く答えたコウタの目には強い炎《ほのお》が燃えている。

「だよな……だが、俺たちは違う」

この言葉にコウタの身体《からだ》がビクリとなる。

元々わかっていたことではあるが、改めて突《つ》きつけられると辛かった。

アタルたちの実力は今日の戦いでも明らかであり、しかもまだ全力を出していないというのもわかっている。

そんなアタルたちがいなくなってしまうことは、戦力として期待しているコウタとしては痛手である。

「俺たちの目的が邪神たちとの戦いだというのは既に話してあるよな？」

「はい、みなさんはその戦いのために新たな武器を求めて職人を探しに来た、と」

アタルの話を聞いていたコウタは頭では理解していた。

だが、わかっているからこそ、苦しい表情になっていた。

「あぁ、だから俺たちは職人を助けて協力を得られたら聖王国リベルテリアに戻るつもりでいる」

「はい……」

残ってくれることに少しだけ期待していたコウタは小さく項垂《うなだ》れてしまう。

（アタルさんたちがいてくれれば、あの皇帝を打ち破ることも、国を安定させるためにもきっと力になってくれるだろうにな……）

その想いを叶《かな》えるために、アタルたちに差し出せるものをコウタはなにも持っていない。

大きな目的をもって旅をして、たまたま用事があったから帝国に立ち寄った彼ら。

そんな彼らに期待してしまう、自身の力のなさを不甲斐《ふがい》なく思っていた。

「――だがな」

アタルの口から出た言葉に、コウタはガバリと勢いよく顔を上げた。

それは未来への希望に繋《つな》がるかもしれないと、そう思ったためである。

「うちのメンバーのキャロとリリアは、せっかく交流を持ったレジスタンスのみんなを放っていくというのはどうにもスッキリしないらしい」

「っ、キャロさん、リリアさん！　ありがとうございます！」

二人の想いを嬉《うれ》しく思ったコウタは、視線を二人に向けた。

嬉しいという思いとともに、その目には感動の涙《なみだ》がたたえられている。

「そんな二人とは反対にサエモンは、俺たち本来の目的のために動いたほうがいいと考えているんだ」

「えっ⁉」

今度はサエモンに視線を向けて、そうだよなとしょぼくれてうっすらと涙を浮かべる。

「我々の助けが必要なのはわかるが、こちらはより重大な案件を抱《かか》えているからな」

サエモンは同情で彼らへの継続的《けいぞくてき》協力を選んでも、良い結果にはつながらないと考えている。

かつて将軍としてヤマトの国を取りまとめていたからこその決断だった。

「確かに……それは、そうです、ね」

みるみるうちにコウタから力が失われて行くのが誰の目にも明らかだった。

「そして、最終的な結論は俺に託《たく》された」

アタルはそう言ってじっとコウタを見ている。

顔を上げたコウタは、期待の視線をアタルに送っていた。

「キャロとリリアの言うことはわかる。俺たちがいなくなれば帝国に対する抵抗《ていこう》は失敗する可能性が高くなるだろう。反対に俺たちがいれば、成功する可能性が高くなる」

それは個々の戦闘《せんとう》能力の高さを見れば明らかである。

鍛え抜かれたアタルたちの力は帝国相手にも引けを取らないだろう。

「それと同時にサエモンの言いたいこともわかる」

仲間が増えたからこその意見の対立。

板挟《いたばさ》み状態であるため、結論を出すのは難しい。

（やっぱりダメ、か……）

コウタはこの流れでは恐らく断られるのだろうと半ば諦《あきら》めてしまっている。

「そこで俺は考えた。ここに残るか残らないか、じゃなくて別の選択をすればいい、ってな」

「「「「えっ？」」」」

キャロ、リリア、サエモン、コウタの四人はアタルの予想外の答えを聞いて同時に驚きの声をあげていた。

第二話　潜入

それから五日後の早朝。

コウタたち第一部隊は霧《きり》が立ち込める中、隠《かく》れるようにしながら首都ボルガルンへと向かっている。

「ふわあ……」

そんな中にあって、コウタは思わずあくびをしてしまった。

「コウタさん、寝不足《ねぶそく》ですか？」

ボルガルンに向かう道中で、幹部の一人のユーミが声をかけてくる。

青空を思わせる艶《つや》やかな青い髪《かみ》をサイドテールに結《ゆ》い上げている。

スポーツ少女を思わせるキリッとした表情で真面目な彼女《かのじょ》は、正義感から暴走しがちなコウタを止める役割を担《にな》うことが多い。

そんな彼女は、今回の作戦において体調不良で向かうのは危険だと心配している。

「ごめんごめん、昨夜はなかなか寝《ね》られなくてね。でも大丈夫《だいじょうぶ》。身体は元気だから」

昨晩はアタルが考えた作戦について遅《おそ》くまで話し合っていたため、どうしてもコウタは睡眠《すいみん》時間を確保することができなかった。

(嘘《うそ》は言ってないよね、嘘は)

看破されることはないとはいえ、騙《だま》しているようで少しドキドキしてしまう。

「そうだったんですね。私も緊張でなかなか寝つけませんでしたよ。今日の作戦はレジスタンスの活動をしてきたなかで、一番大きなものですからね！」

幹部の彼女はギュッと右の拳《こぶし》を握って、今回の作戦に対する思いが強いことを示す。

「そう、だね。緊張……」

これからコウタ率いる部隊はボルガルンに攻め込んで陽動をする。

みんなはこれが成功するかどうかに対して緊張している。

昨日の話し合いの結果に関しては、アタルたち以外の誰にも言っていない。

つまり、レジスタンスで知っているのはコウタだけである。

そのせいもあって他の面々とは異なる緊張をコウタは抱えていた。

「……コウタ、さん?」

その表情がいつもの彼《かれ》よりも厳しいものだったため、ユーミは不安そうに声をかける。

「えっ?　あぁ、気にしないで。ちょっと大きな作戦だからナーバスになってるのかな。

心には熱を持って、頭は冷静にして行こう」

いつもの柔和《にゅうわ》な笑顔を見せると、コウタは前を向いてこれからのことに集中しようと気合を入れ直す。

それを見たユーミもホッとしたように一息ついて、前を向くと手綱《たづな》を握り直した。

「それにしても、私がこっちでよかったんですか？」

首都攻防戦ともなれば、右腕《みぎうで》のキルが同行するのが当然だとユーミは思っていた。

「キルにはやってもらわないといけないことがあるからね。本気で職人村を攻めてもらわないとだから彼が適任なんだよ」

頭が切り替《か》わったコウタは、そんな風に言って今回のメインはあくまでも向こうであることを意識させる。

出発前に作戦変更についてレジスタンスメンバーには説明してある。

元々話し合っていた作戦と変わったことに驚く者ももちろんいたが、リーダーであるコウタの説明を聞いてみんな納得《なっとく》してくれていた。

しかし、ユーミはレジスタンスの中でも自身の実力が高いわけではないと自認《じにん》しているため、自分がコウタに同行することを疑問に思っている。

「キルを除いたメンバーで考えると、ユーミさんが一番適任だと思う。言い方は悪いかもしれないけど、確かに戦闘能力は低いかもしれない」

彼女が傷つかないか気にしながらも励《はげ》ますことを念頭にコウタは話していく。

「はい、それはそのとおりです」

ユーミはもちろんわかっているため、落ち込むことなく素直《すなお》に頷《うなず》いた。

「それで、こっちでの戦いは個人の実力だけでなんとかする戦場じゃないと思うんだ。多分リーダーである僕《ぼく》は個人として強力な敵を相手にしないといけない。そんな時に僕とは別に部隊の指揮をしっかりととれる人物が重要になってくる」

そして、真剣な眼差《まなざ》しでコウタはユーミの目を真っすぐ見据《みす》える。

「それがユーミさんということだよ」

「えっ、えっと、そう言って頂けると嬉しいのですが……でも、キルさんがなんて思うか……」

思わずドキッとしてしまったユーミはしどろもどろになりながら右腕的存在のキルのことが気になっていた。

本来ならキルが立つべき場所にいることに、ユーミはそれでも不安を持っている。

「大丈夫だよ、ユーミさんのことを推薦《すいせん》したのは他でもないキル本人だからね」

「ええっ!?　きゃっ!」

想定していなかった言葉にユーミはのけぞるほど驚いて、そのまま転びそうになる。

「おっとっと」

そんな彼女の背中をコウタが慌てて支えることで、なんとか体勢を持ち直した。

「あ、ありがとうございます……そ、それで、本当にキルさんが、私を？」

転びそうになったショックよりも、キルが自分を推薦したことに対する驚きのほうが強いらしく、困惑《こんわく》気味のユーミはそこについて質問する。

「ははっ、転びそうになったことよりもそっちが気になるんだね」

そんな彼女を見て、コウタは笑ってしまう。

先ほどの危険などどこ吹く風で、なにより先にキルのことを聞く彼女の発言は予想外で面白《おもしろ》かった。

「あっ、す、すみません」

「いや、気にしなくていいよ……うん、本当さ」

まず彼女の謝罪に対しての言葉を返し、次は質問に対して答えていく。

「作戦変更したときに誰を連れて行って、副官にするかキルに相談したんだよね。そうしたら、彼から最初に名前が挙がったのがユーミさんだったんだ。ユーミならこの作戦に適任だと思いますってね」

改めて、自分がキルに相談し、それに対してユーミの名を口にしたことを話す。

「そ、それは、光栄です……！」

キルはリーダーのコウタ以外のことを認めておらず、厳しい発言をすることが多い。

多いというよりも甘《あま》い言葉を吐《は》くことはないと言っても過言ではない。

そんな彼がユーミを認めて推薦してくれた。

「あはっ、なんか、嬉しいですね！」

厳しい上司に認められたような心持ちになったユーミは、ここでやっと笑顔を見せた。

「あ、やっぱ嬉しいんだね。なんか今回こっちに行くようにキルから直接言われた人もいて、その人たちも喜んでいたんだよなあ。最初はキルのことが怖《こわ》いからだと思っていたんだけど……違うみたいだね」

笑顔のユーミを見ていると、みんながキルのことを尊敬しているのが伝わってきていた。

「そうですね、普段《ふだん》なかなか認めてくれない方なので……」

言葉を選ぶが、それでもキルのことを特別だと思っているのが伝わってくる。

そして、周囲にいたレジスタンスも微笑《ほほえ》みながらそれに同意して頷いている。

「――さて、そんな話をしているうちにもうすぐボルガルンだね」

そうコウタが言うと、みんなが前方に視線を向けた。

「ここから先に向かうと警戒《けいかい》に引っかかる可能性があるから、一度、停止！」

コウタの命令を受けて、部隊がゆっくりと止まっていく。

「もう少し近づくと、ボルガルンも目前だからあちらの警備にバレやすくなると思う。だから、動くとしたら速さを重視してほしい。ただ、なるべく音はたてないように」

速度と静寂《せいじゃく》を両立させるという難しいことである。

「僕たちの目的は職人村の救出作戦の目くらましをする陽動だ。そして、帝国《ていこく》の首都相手だから恐らく命がけの任務となる」

大声ではないが、しっかりとした声音《こわね》で話すコウタは真剣な表情でみんなに声をかける。

彼はアタルよりも若いが、ここにいる全員の、そして国で苦しんでいる人たちの命運を背負っている。

その重さを感じていながらも、それに負けることなくしっかりと自分の足で立っていた。

それを理解しているレジスタンスの面々は覚悟《かくご》を決めており、コウタと運命をともにすると強く誓《ちか》っている。

だから、ここにきて怯《ひる》むような者は一人もいなかった。

「……うん」

コウタはみんなの顔を順番に確認して、頷いた。

それは、次の言葉を口にするための景気づけのようでもある。

「――ただ、それはさっきまでのことだ」

「えっ……？」

隣にいたユーミは驚きながらコウタの顔を見る。

それは他のレジスタンスたちも同様であり、みんな不思議そうな顔でコウタを見ていた。

「僕たちの目的は、首都ボルガルンに攻《せ》め込《こ》み、兵士を、騎士《きし》を、黒騎士を、近衛部隊を、そして皇帝《こうてい》を討《う》つことだ！」

「ええええっ!?」

まさかの宣言にユーミが驚き、思っていたよりも大きな声が出てしまったことに慌てて両手で口をふさいでいる。

「なんだって？」

「ほ、本気なのか？」

「そ、それにしては戦力が足りないんじゃや……」

「ここにキルさんがいないのは痛いよな？」

「昨日の冒険者《ぼうけんしゃ》の人たちもいないし……」

ここにいるのはコウタ、そしてユーミをはじめとした数人の幹部。

それから一般《いっぱん》のレジスタンス兵だけである。

それなりの人数はいるが、それでもボルガルンにいる戦力を全て撃破《げきは》するには圧倒的《あっとうてき》に足りない。

「僕たちがボルガルンに攻め込むことで陽動となって、職人村に攻め込むキルたちが動きやすくなる」

ここまでは当初の作戦どおりである。

「だけど、時間が経《た》てば反対にキルたちが職人村を奪還《だっかん》しようとしている情報から、僕たちが陽動だという情報も皇帝の耳に入るはずだ。そうなると、僕たちが本気じゃないことがばれる」

そこまではみんな考えておらず、ゴクリと唾《つば》をのむ者もいる。

「職人村は帝国にとって重要な拠点《きょてん》だから、僕たちがそこで引き上げる様子を見せれば、あちらに戦力を差し向けるはずだ」

コウタの言葉にレジスタンスたちは、それはまずいとざわつき始めた。

「でも、それは逆にいえば僕たちにとってチャンスなんだ」

ここでコウタは笑顔《えがお》になる。

「そこで逃《に》げると見せかけて再度ボルガルンに攻め込んで、そのまま首都を奪還する！」

これが昨日アタルたちと相談したものである。

残るか残らないかではなく、皇帝を打倒《だとう》してしまえばいいというアタルから提案されたとんでもない作戦。

もちろんコウタも最初は反対したが、話を聞いていくうちになんとかなるのかもしれないと考えが変化していき、最後には乗り気になっていた。

「僕が皇帝を討つ」

この宣言がざわつきを静める。

「もう苦しい想《おも》いをするのは今日で最後だ。皇帝を倒《たお》して国を僕らの手に取り戻《もど》そう！」

コウタの言葉に打ち震《ふる》えたレジスタンスたちは大きく腕《うで》を上げて呼応する。

気持ちのままに声を上げていれば、地鳴りすら感じるだろう盛り上がりだった。

ボルガルンの城壁《じょうへき》は帝国の入り口にある巨大門《きょだいもん》と同じく、威圧《いあつ》感のある黒い巨大な鉄のような資材でできており、表面に竜《りゅう》が描《えが》かれているのはクラグラント帝国の意匠《いしょう》だ。

首都ボルガルンは城塞《じょうさい》都市。

街そのものが敵の侵入《しんにゅう》を防ぐ作りになっており、強固な壁《かべ》になってイグダル皇帝を守るように配置されている。

「ふわあ……」

朝も早い時間帯だが、城壁の上には見張りの兵士がおり、そのうちの一人が眠気《ねむけ》からくる大きなあくびをしていた。

「おいおい、いくらなんでも気を抜《ぬ》きすぎだろ」

呆《あき》れたように同僚《どうりょう》が窘《たしな》めるが、その彼も緊張しているかというとそうでもない。

「ははっ、食い物片手に見張りをやっているやつに言われたくないぞ」

指摘《してき》した側の兵士もすっかりリラックスモードに入っていて、右手にホットドッグのようなものを持ち、左手には酒の入った瓶《びん》を持っている。

ボルガルンの警護は彼が配備されてから特に大きな事件が起きたことがなく、見張りはおざなりなものとなっていた。

「おっとっと、そこを言われると痛いなあ……お前も飲むか？」

「あぁ、もちろんいただこう」

笑顔で彼は手渡《てわた》されたもうひとつの酒瓶《さかびん》を受け取ると、それを一気にあおっていく。

北方にあって寒い帝国において酒は体を温めるためにも使われている。

強い酒独特のカッとくるのど越《ご》しを味わいながら兵士は、気持ち良さそうに唸《うな》る。

「くー、なかなかいい酒じゃないか。これだったら、アレを出そうか」

すると、城壁の端《はし》に置いておいた荷物からなにかを取り出そうとする。

「おいおい、硬《かた》い干し肉なんかがこの酒に合うわけがないだろ？」

今日の酒はだいぶ良いものを用意してきた。

それに対して安物の干し肉を出されるのでは割に合わないと思ってしまう。

「はっはっは、まさかそんなものを出すわけがないだろう？」

そう言って取り出したのは鍋《なべ》だった。

「これを火の魔石《ませき》を使って温めて……」

焚火《たきび》ではなく魔石を使うことで、熱は発生するものの煙《けむり》はたたずに温めることが可能である。

そうして二人は鍋をつつきながら酒瓶をいくつも転がし、小さな飲み会を開催《かいさい》していた。

彼らとは別の場所にも見張りの兵士はいるが、同じように気が緩《ゆる》んだ状態になっている。

この状況《じょうきょう》は、先行した偵察《ていさつ》部隊によってコウタに伝えられていく。

（まさか、ばれずにここまで近づくことができるとはね）

みんなの前で、見つかる可能性を説いた時には、ここまでボルガルンの防衛が緩んでいるとは想像もできなかった。

城壁の上の兵士だけでなく、外にいる兵士も一応警戒していたが、寒さに引きこもっているのか、しばらく様子をうかがっていても姿は見かけない。

だがそのおかげで、コウタをはじめとするレジスタンスたちは全く見つかることなく城壁に張り付くことができていた。

(それじゃ、突入《とつにゅう》準備をしよう)

合図を送るコウタの言葉に頷き、レジスタンスの面々は用意していたものを壁に設置していく。

そこはボルガルンの正面の門からはかなり離れた位置だった。

(みんな離れて下さい。発動させます)

設置したレジスタンス兵がみんなに合図して下がらせる。

指で、5、4、3とカウントダウンしていき、その数字が0になった瞬間《しゅんかん》、爆弾《ばくだん》が音を立てて勢いよく爆発《ばくはつ》した。

「なんだ!?」

早朝の静寂を切り裂《さ》くような急な爆発音《ばくはつおん》に兵士たちは驚《おどろ》き、急いで立ち上がると音の発生源を探《さぐ》るようにキョロキョロとしている。

中には城門を開けて外の様子をうかがいに出てくる兵士たちもいた。

「まだだ」

最初の爆発音は、用意しておいた爆弾が発する音。

しかし、これは別のものを起動するための導火線のようなものだ。

ちょうど城壁の上にいた兵士たちが爆発現場を確認しようと移動して、その地点の上に集まって来た。

「魔石、爆発」

そうタイミングよくコウタが呟いた瞬間、先ほどの何倍もの爆発が巻き起こる。

「わああああ！」

「があああああ！」

普通《ふつう》にやっても強固な城壁に傷がつくことはない。

そのために、コウタはいくつもの魔石を用意して大きな爆発を以《もっ》て城壁の一部を破壊《はかい》していた。

「さあみんな、行くぞ！」

コウタの声に頷いて開いた城壁からボルガルンへと攻め込んでいく。

音を聞いた兵士たちがさらに奥《おく》から集まってくるが、動揺《どうよう》している彼らに対して士気の高いレジスタンスたちは次々に兵士たちを倒していく。

リーダーであるコウタがいることも彼らの気持ちを高揚《こうよう》させ、集中力を上げさせ、彼らが持つポテンシャルを最大限に引き出していた。

同時刻の職人村近くではキルたちが身を潜《ひそ》めていた。

「そろそろコウタたちが動く頃《ころ》ですかね……」

近くをうろつく警備兵たちを警戒しつつキルたち第二部隊は連絡《れんらく》が来るのを待っている。

彼らは、職人村からは見えない位置で待機していた。

こちらはキルをリーダーとして、複数の幹部メンバー、更《さら》に一般レジスタンス多数で構成されている。

ボルガルンと比べて、職人村の警備のほうが人数が多く、城壁の兵士のように飲み食いして油断しているなどの手抜《てぬ》きがないため、いつこちらが視認《しにん》されるかわからない。

よって、完全に姿を隠せる位置での待機となっていた。

ボルガルンから東にある職人村は比較的《ひかくてき》近い位置にはあるが、それでもあちらの爆発音はここまでは届かない。

「…………来ましたね」

キルは目を閉じて待っていたが、なにかを感じ取ったのか空を見上げ、そんな言葉を呟いた。

その視線の先にいるのは、合図に使っている小さな鳥。

これは召喚魔法《しょうかんまほう》によって呼び出された小鳥で、命令どおりに動いてくれる。

自然界にいる鳥に紛《まぎ》れる姿のそれは、まっすぐキルのもとへと手紙を届けてくれた。

「……ふっ、あちらは順調なようですね」

手紙に、コウタたちは見張りにばれずに城壁に張りつくことができ、そのまま爆破《ばくは》に成功して、中へとなだれ込んで行ったとある。

しかも、レジスタンス側の士気が高いことや、次々に兵士を打ち倒している、ということも。

もちろんコウタなら大丈夫だとは思っていたが、改めて報告を受けたことで、キルは自然と薄《うす》い笑《え》みを浮《う》かべていた。

それを見ていたレジスタンスの面々が、なにやら悪いことを考えているのではないかと疑ってしまうほど悪い顔をしていた。

だが、付き合いがある幹部の面々にはあれはキルが喜んでいる笑顔だと伝わっているため、作戦がうまくいっているのだとわかり、微笑ましく見つめている。

「それでは、我々も動きますよ。こちらは堂々と正面からいきましょう」

中へ潜入《せんにゅう》するアタルたち第三部隊のために、職人村の内外にいる戦力をできる限り引きずり出す必要があった。
そのためにはわかりやすく攻め込んでいることをアピールして、相手をひきつけること
を第一としている。
「それでは、全員……いきますよ」
「「「「おおっ！」」」」
いつでも動けるように準備していたメンバーは、砂ぼこりをたてて職人村へと向かって
行く。
わざと大きな声をあげ、存在を示すように進むレジスタンスたちが決死の思いで武器を
構えて進んでいった。

その一方で、職人村には混乱がじわりじわりと広まっている。

キルに連絡が届いたのとほぼ同じタイミングで、職人村にも帝国から連絡が届いていた。

ボルガルンがレジスタンスによって攻められている、というものである。

「お、おい、こっちからも戦力を出したほうがいいのか？」

「いや、今から行っても遅いだろ」

「それに、ボルガルンのほうが戦力も揃《そろ》っているはずだ」

「だ、だけど、城壁の爆破でやられたやつらもいるとかって……」

「ここを空けるわけにもいかないしなあ」

職人村は帝国としても重要な拠点であり、こちらの防衛ももちろん大事である。

かといってボルガルンが陥落《かんらく》するようなことがあれば、この職人村にも意味がなくなってしまう。

だが、ボルガルンの防衛力が職人村よりも強いことを考えると、手勢を出す必要はないかもしれない。

様々な意見が出てくるが、どの結論を採用すればいいのか決断を下せるような人物がここにはいなかった。

そのタイミングでレジスタンスが職人村へと接近していることに気づく。

「お、おい！　なにかこっちに向かって来てるぞ！」

「あいつらは……レジスタンスだ！」

「こ、こんな時になんだって……」

本来なら職人村の警備は脱走《だっそう》を阻止《そし》するために非常に強固なものとなっており、兵たちの練度も高いはずである。

しかし、先に届いた報によって混乱が広がっていたことに加えて、タイミングが悪いことに決断を下せるような上官は現場におらず、どう動くのが正解なのかわからず兵士たちの判断に遅《おく》れが生じている。

もちろん重要施設《しせつ》であるため、襲撃《しゅうげき》される危険性については普段から考えており、ボルガルンの緩み切った見張りとは警戒のレベルが段違《だんちが》いである。

それでも、責任者不在の急襲《きゅうしゅう》という形で今回は揺《ゆ》さぶられてしまっていた。

「さあ、一人でも多く敵を蹴散《けち》らしましょう」

レジスタンスたちがその言葉とともに一斉《いっせい》に襲撃をかける。

彼の声音にコウタのような熱さはない。

それでもキルの落ち着いた冷静な姿勢は、戦いにおける安心感を彼らに与《あた》え、武器を持つ手に力を込めさせる。

「魔法《まほう》部隊――放て！」

キルの合図とともに炎が、村をかこっている壁へと放たれる。

ボルガルンの城壁と比べて強度が低いため、壁は焦《こ》げ、一部は魔法の爆発で崩《くず》れていく。

「ひとまず、準備ができたものから迎撃《げいげき》に出ろ！」

とにかく現状をなんとかしなければと、兵士の一人が声を上げた。

襲撃についての対策はあるため、誰《だれ》かの一声によって兵士たちはそれぞれ迎撃し始める。

その中でも魔物《まもの》を使役《しえき》する部隊が中心となって表に出てきた。

「魔物が出てきましたか。ならば弓部隊――放て！」

キルがすっと目を細めてそう合図すると、弓部隊による遠距離《えんきょり》攻撃《こうげき》が行われる。

一斉に放たれた弓矢が魔物へと突き刺《さ》さっていく。

もちろん大きな魔物にははじかれてしまうこともあったが、ダメージを蓄積《ちくせき》させるには十分だった。

こうして、職人村西側入り口での戦いが始まった。

職人村にいる戦力の大半はキルが襲撃を始めた西側にどんどん集まっていき、戦いの規模も大きくなっていく。

兵士たちが集まってきて騒《さわ》ぎが大きくなったタイミングを見計らったキルが大きな声で宣言する。

「我々はレジスタンス！　今日こそ職人たちを解放させてもらおう！」

いつもの飄々《ひょうひょう》とした様子ではなく、コウタを意識したキリッとした表情で、真剣《しんけん》に今回の戦いで職人たちの解放をする、と断じた姿は兵士たちの注目を集めた。

これによって、職人村側の兵士の本気度も増していき、戦いは苛烈《かれつ》になっていく。

また、襲撃されていることを知った帝国側の兵士たちによって職人たちは村の中央にある大きな建物に集められていた。

一か所に集めて逃げ出せないように見張ることで、職人を失うということを防いでいる。

（さて、あちらはアタルさんたちに期待しましょう）

ここにきて魔物たちも勢いを増してきたため、救出作戦は彼らに任せる以外に方法はないとキルは中央へ思いをはせつつ、自身のやるべきことに集中していった。


同タイミングで、潜入組が反対側から職人村の中へと侵入していく。

遠くで戦うキルたちの喧騒《けんそう》がうっすらと聞こえてくるが、こちらはいたって静かだ。

（……こっち側は手薄《てうす》、というか全然人がいないね）

（うむ、コウタ殿《どの》、キル殿の陽動作戦は成功しているようだ）

ヒソヒソ声のリリアの言葉に、静かに頷いたサエモンが返事をする。

二人はイフリアとともに東側から職人村へと潜入していた。

（こっちだ）

ふよふよと小竜姿《こりゅう》で飛ぶイフリアは気配を感じ取りながら、二人のことを誘導《ゆうどう》している。

周囲の警戒をリリアとサエモンに完全に委ねることで、イフリアは職人たちの気配を探ることに集中できている。

途中《とちゅう》で数人の警備兵を発見するが、こちらに気づかれる前にリリアとサエモンが素早《すばや》く近づいて一瞬《いっしゅん》のうちに気絶させる。

そして、気絶させた警備兵は見つからないように建物の陰《かげ》へと隠す。

こうして、彼ら三人は職人たちが収容されている中央の建物の近くへと、あっさりと到《とう》着《ちゃく》していた。

『ふむ、あそこだな』

イフリアは建物の中からかなりの人数の気配を感じている。

「――だが、先に戦わなければならない相手がいるようだな」

「だねえ」

険しい顔のサエモンは腰《こし》の刀に手をあて、ニヤリと好戦的な笑みを浮かべたリリアは槍《やり》を構える。

「貴様らが救出部隊の本命か？　たった三人で来るとはここの警備も舐《な》められたものだ」

中央の建物の前には、取り囲むようにしてこの場所を守るための精鋭《せいえい》が待機していた。

真っ黒な鎧《よろい》に身を包み、それぞれ武器を構えた騎士六人だ。

「あなたたちって、もしかして、あの？」

その姿は、事前に聞いていた黒騎士部隊なのではないかと、じっと見たリリアが質問する。

「どの『あの』なのかはわからんが、我々が黒騎士部隊かどうか聞いているのであれば、そうだと答えよう」

低い声でリリアの問いに答えたのは、一歩前に出ている黒騎士。

彼がこの部隊のまとめ役だというのをリリアとサエモンは感じ取っていた。

「おいおい、それだけじゃないだろ？　俺《おれ》たちがただの黒騎士だと思われたら、もっと舐められるじゃねえか」

後ろにいた黒騎士の一人がまとめ役の肩《かた》に手を置きながら言う。

彼は一人だけ目元をおおう黒い仮面を身に着けておらず、ぼさぼさの赤い髪をなびかせ、好戦的にギザギザな歯を見せながら笑っている。

「いいか？　俺たちはただの黒騎士じゃねえ。その中でも、それぞれが部隊を任されている部隊長ってやつだ。あー……お前たちにわかるように言うとよその国では将軍なんて呼ばれるレベルさ」

わざとらしい言い方の言葉に、サエモンは眉《まゆ》をピクリと動かす。

将軍レベルということは、恐《おそ》らくヤマトの国で言う五聖刀と同クラスだと思われる。

（しかも、それが六人も……）

「ねえねえ、部隊長ってことは強くて、偉《えら》いんだよね？」

流れをぶった切るような、唐突《とうとつ》なリリアからの質問で、場の空気が変わった。

「それなりには偉い、だろう。仮にも隊長という立場を担っているからな」

律儀《りちぎ》にもまとめ役の騎士は真面目に答えてくれる。

「うーん、なんでそんなに偉い人たちが、こんな辺鄙《へんぴ》な場所の守りについているの？」

リリアのその言葉にサエモンの視線も鋭《するど》くなる。

「へー、お嬢《じょう》ちゃん天然そうに見えて、意外と鋭いところをついてくるじゃねえか……だが、それに素直に答えるとでも思ったのかぁ？」

赤髪の男は意地の悪そうな笑みを浮かべながら言った。

「思うわけないじゃん。でも、その反応見れば予想はつくよね」

「同感だ」

リリアの言葉にサエモンが頷いている。

この状況がどうやって作り出されたのか、その答えに二人は帰結していた。

(裏切り者がいるかもしれない)

『おしゃべりもいいが、さっさとこやつらを倒《たお》したほうがいいのではないか？』

静観していたイフリアがリリアの肩越《かたご》しにそんなことを言ってくる。

「確かに！」

リリアはにっこり笑って槍を構えなおした。

三人の目的は謎《なぞ》を解き明かすことではなく、職人たちを救出することである。

それをイフリアに指摘されて、意識を切り替えていた。

「では、一人あたり二人の黒騎士を倒すということでよいかな？」

「おっけー」

『承知した』

サエモンの確認《かくにん》に対して、リリアとイフリアはいつもの調子で返事をする。

だが、彼らに侮《あなど》られていると感じた黒騎士たちのプライドを傷つけた。

「ほう、たかが三人で俺たち六人を倒す――そう言っているのか？」

先ほどまで余裕《よゆう》を持って笑っていた赤髪の黒騎士は頬《ほお》をひくつかせ、額に青筋が浮かんでいる。

「聞こえなかったのだろうか？　それはすまなかった。私たちはそれぞれ二人の黒騎士を倒して先に進ませてもらうことにした」

少し首をかしげて謝罪したサエモンが、冷静に改めて説明をしていく。

「でもって、中にいる人たちを助け出して任務完了《かんりょう》ってことだね！」

そこにふっと笑ったリリアが言葉を続けた。

二人には煽《あお》っているという意識は全くない。

しかし、顔が見えている赤髪の男はもちろんのこと、他の五人も兜の下では怒《いか》りに満ちた表情をしていた。

「さて、それではさっさと始めようか。来ないならこちらから行くぞ」

そう言うと同時に、サエモンは地面を蹴《け》って手前にいる男へと向かっていく。

「速い！」

それを見たまとめ役の黒騎士は驚きながら、慌《あわ》てて剣《けん》を抜いた。

サエモンは納刀した状態で距離《きょり》をつめて、その勢いのまま居合の要領で抜刀《ばっとう》して鋭い一撃《いちげき》を喰《く》らわせる。

それをなんとか剣で受け止めた
「……ぐうっ！」

速さだけでなく、重さを伴《ともな》った一撃に黒騎士は後方に押《お》し込まれてしまう。

他の黒騎士たちもサエモンの一撃に目を見張っているものの、彼が動き出した時点で距離をとっている。

「まだだ」

サエモンは一撃だけで攻撃《こうげき》を止めることなく、更に地面を蹴って二の太刀《たち》を繰《く》り出していく。

「なっ⁉」

驚愕《きょうがく》とともに、再度剣で攻撃を受ける。

しかし、刀と剣が衝突《しょうとつ》した瞬間、ミシッという音がなる。

「まさか、同じ場所を？」

気づいた時には既《すで》に、黒騎士の剣に亀裂《きれつ》が入ってしまっていた。

「もう一撃！」

サエモンは立て続けに三の太刀を繰り出して剣で受け止めさせる。

彼《かれ》が狙《ねら》ったのは相手が持つ剣であり、狙いは武器破壊。

「ぐあっ！」

その狙いどおりに、剣は中央のあたりで真っ二つに折れてしまう。

「死（四）の太刀！」

そして、追撃《ついげき》の手を緩めることなくサエモンは次の一撃を繰り出して黒騎士の兜を吹《ふ》き飛ばした。

「は、ははっ……四連続攻撃とは恐れ入ったが、さすがに大隊長を倒すことはできなかったみたいだなぁ……」

攻撃は苛烈だったが、倒しきれていないことに拍子抜《ひょうしぬ》けした赤髪の男がへらりと笑う。

彼の言うように、まとめ役の男は黒騎士部隊全体の隊長であり、大隊長の地位についている。

そんな彼はもちろん六人の中で最も強く、他の五人が信頼《しんらい》を置いている人物。

だがそう言った次の瞬間、兜が取れたその大隊長がガクリと膝《ひざ》をつく。

「……はあっ⁉」

赤髪の男は変な声を出してしまった。

武器と兜を壊《こわ》しただけで、大隊長自身がダメージを受けたようには見えない。

それにもかかわらず大隊長は口からゴボリと血を吐き、苦しそうな表情になっている。

「見たところ実力はかなりのものだと思われる。だが、私には及《およ》ばないようだな」

サエモンは兜を吹き飛ばした次の瞬間、腹に強烈《きょうれつ》な一撃を喰らわせていた。

もちろんただ殴《なぐ》っただけでは鎧に防がれてしまう。

だから、一瞬だけ神の力を拳《こぶし》に宿して鎧の際へ力を放つ。

そんな方法でダメージを与えていた。

「さて、これで私たちの力の強さが伝わったと思うが……これ以上戦うか？」

サエモンは無駄《むだ》な戦いを避《さ》けられないかと考えて、こんな確認をしてくる。

この数秒間のやりとりで、彼は自身の力を証明していた。

それを見たうえで、まだ戦うのか？　と問いかける。

「っ……お前たち、剣をとれ！」

そんな中で命令を下したのは膝をついている大隊長だった。

表情をゆがめつつも口元の血を拭《ぬぐ》いながら立ち上がり、自身も別の剣を握《にぎ》る。

「黒騎士部隊長の誇《ほこ》りにかけて、ここを通すな！」

「「「「「おぉ！」」」」」

剣を構えた大隊長の宣言に、赤髪の男を含《ふく》めた他の五人に気合が入るのがわかった。

彼らの身体を黄色のオーラが包み込んでいく。

「わっは、なんか一気に強そうになってきたね！」

その変化を見たリリアははしゃぎながら楽しそうに笑う。

大隊長がサエモンにあっさりとやられた時にはつまらなそうに表情が曇《くも》っていたが、まだ本気を出してないだけだったことに安堵《あんど》し、楽しみになっている。

「やれやれ、リリア殿は強い相手と戦うのが好きなようだな」

あのままの勢いで戦っていれば一気に六人倒すことができたかもしれない。

そのため、サエモンはやや呆れた様子でいる。

『全く……職人たちを助け出すのが優先ではなかったのか？』

イフリアもこの状況で本気で戦いあうことを望んでいるリリアに、思わずため息をついてしまう。

「えー、強い相手が手を抜いてるまま倒しても楽しくないし、なにより成長に繋《つな》がらないじゃない？」

ニヤリと笑うリリアは、この状況に持ち込めたことを喜んでいた。

「ふむ、確かにそのとおりかもしれんな。私たちが強く、成長していけば、相手が本気を出して来たとしても倒すことができるし、さっさと決着をつけることもできる」

リリアの言葉を受けたサエモンも彼女《かのじょ》と同じように強い相手と戦えることを楽しみだと思い始めている。

「なにをごちゃごちゃ言ってやがる、お前たちがどう思おうともう終わりだッ！」

赤い髪の男は怒りをむき出しにして、剣を片手に動く。

彼の狙いはリリア。

最初に動いたのは確かにサエモンで、彼が実力者なのはわかる。

しかし、彼らの中で空気を作り出しているのはリリアであると考え、最初に討つならば彼女だと判断していた。

「ふふっ、いいね！　私、ちょうどアンタと戦いたかったんだよね！」

自分に向かって来たことを喜び、リリアも槍を構え、赤髪の男を迎《むか》える。

「死ねえええええええっ！」

怒りと殺気がこもった一撃は上段から思い切り振《ふ》り下ろされた。

「なっ……！」

だが、予想とは違《ちが》う展開に赤髪の男はギョッとした顔で驚いてしまう。

リリアが槍で攻撃を受け止めると思っていたが、彼女の守りは攻撃的《こうげきてき》だった。

振り下ろされる勢いよりも、力強さよりも、こめられた青いオーラよりも、そのどれをも上回る鋭い突《つ》きで剣を下から突き上げる。

一ミリでもずれれば攻撃を防ぐことはできず、槍は空を突き、剣はリリアに向かって振り下ろされていた。

これはあの地獄《じごく》の門での修行《しゅぎょう》の成果の一つだ。

「まだまだ止まらないよ！」

剣が弾《はじ》きあげられたことで赤髪の男は完全に隙《すき》ができてしまっている。

リリアが突いた槍を引き戻す速度は、まさに神速であり、一瞬のうちに次の攻撃に移っていた。

「ぐあっ！」

鋭い突きが赤髪の男の腹のあたりに命中し、そのまま後方へと勢いよく吹き飛ばされる。

その様子を見た他の隊長たちは驚愕している。

大隊長に膝をつかせたサエモンが三人の中で一番の実力者だと隊長たちは判断していた。

赤髪の男は彼らの中でも大隊長に次ぐ実力を持っている。

そんな彼の攻撃をあっさりと防いだだけでなく、攻撃まで加えている。

「ぐ、うぐ……くそっ」

赤髪の男の表情は苦悶《くもん》に歪《ゆが》んでおり、黒い鎧も攻撃を受けたあたりが砕《くだ》け散っていた。

「うーん、強そう、ではあったけど……強くはない、かな？」

リリアはガッカリしたように言うが、それが彼女から見た赤髪の男への素直《すなお》な評価である。

彼女からの低評価に赤髪の男もふざけるな、と叫《さけ》びたいところだったが、リリアの動きは自身よりも素早く、鋭かった。

「さて、こんなことしてるほど暇《ひま》じゃないんだし、サクッと倒しちゃおうよ」

「わかった」

『承知した』

戦いに面白《おもしろ》さを見いだせなくなったリリアに、二人は返事をする。

「みんな、来るぞ！」

黒騎士《きし》たちも剣を構えてリリアたちを迎え撃《う》とうとする。

それでも先ほどのサエモンの動き、リリアの力を見てしまったことで勝てないのではないか、という思いが嫌《いや》でも脳裏《のうり》に浮かんでしまう。

元々実力差がある上に、そんなメンタルでは一矢《いっし》報《むく》いることも叶《かな》わず、あっという間に倒されてしまった。

「ふう、なかなかいい運動になったんじゃないか？」

サエモンは地に伏《ふ》している黒騎士たちを見て、そんな風に言う。

「んー、そうだね。もうちょっと手ごたえがあったらよかったんだけどなぁ」

一息ついたリリアは物足りないといった様子である。

『神と戦ってきた我々が一国の騎士と戦って満足するというのはなかなか難しいことなのかもしれないいな』

それがイフリアの分析《ぶんせき》であった。

「ま、とにかくにもこれで職人さんたちを救出できるからよかったね」

本来の目的を忘れておらず、職人たちが捕《と》らえられている建物を見る。

そこはこの村の集会所であり、職人全員に見張りの兵士がついていても余裕があるくらいの広さだった。

「それじゃ扉《とびら》開けるよ？」

外から錠前《じょうまえ》で鍵《かぎ》がかけられていたが、それは武器で破壊してある。

そのため、扉はカチャリと音をたててゆっくりと開いた。

「おっと！」

その瞬間、先ほどまでリリアがいた位置に棒のようなものが振り下ろされた。

「よ、避けられた……」

震えながら棒を持っているのは、耳を垂らした犬の獣人《じゅうじん》の男性だった。

彼はリリアに棒が命中しなかったことで、まるでこの世の地獄であるような表情になっている。

しかし、彼の後ろには他にも棒を持った人族を中心とした男性たちが控えていた。

「ちょ、ちょっと、ちょっと待ってよ！」

「もうこんな生活はうんざりだ！　そいつらを倒して外に出るぞ！」

職人たちはリリアのことを、見張りの兵士だと思っているらしく、殺気立った様子でリリアを殴りつけようと棒を構えている。

「待って、待ってってば！　私たちはみんなを助けに来たんだよ！」

勘違《かんちが》いされたままでは彼らからの攻撃が続いてしまうため、リリアは慌てて声をかける。

「騙《だま》されんぞ！」

「そうだそうだ！」

「女だということで油断させているんだろ！」

冷静ではない職人たちは、武器を持ったリリアのことを完全に敵だと思《おも》い込《こ》んでいた。

ずっと幽閉《ゆうへい》されてギリギリの精神状況だった彼らは、正常な判断など下せないほど追い込まれていた。

「悪いが、彼女を攻撃させるわけにはいかん。疑問に思うならば兵士たちは御《ぎょ》したゆえ、自ら外に出て確認してもらえるか？」

言葉では彼らの説得は難しいと判断し、あえて外に出てもらうことで黒騎士たちを見てもらおうとサエモンは考えてリリアをかばうように前に出た。

そして、リリアたちは倒れた黒騎士たちが動けないように処置し、建物から少し離《はな》れた位置に移動し、彼らの反応を見ることにする。

「な、なんだっていうんだ……」

「で、でも外に出られるなら……」

「油断するなよ……」

警戒《けいかい》し、おびえた様子の職人たちはゆっくりとした足取りでひとり、またひとりと建物から出て、そこに広がる光景に言葉を止める。

「こ、こいつらは、ボルガルンの黒騎士部隊の？」

「あっ、こいつ見たことある」

「なんで倒れているんだ？」

「も、もしかして……」

黒騎士たちがピクリとも動かないのを確認して、それができた者から順番に視線をリリアたちに向けていく。

「こいつらを倒したのは……？」

この問いかけにリリアは自身を指して頷《うなず》く。

「ほ、本当に？」

目の前にいる少女が国でも有数の実力を持つ黒騎士を倒したということが、職人たちには信じられなかった。

「彼女は若く女性だが強いぞ。帝国《ていこく》に人材多しといえども彼女に勝てる者が果たして何人いるやら」

フッと笑ったサエモンはリリアの肩に手を置いて、彼女の強さを語る。

「そ、そんなに……」

「いや、確かに黒騎士たちを倒したというのならそれくらいの力は……」

「よく見ればこいつ、黒騎士の部隊長じゃないか？」

「おいおいおいおい、それどころか、こっちで倒れているやつは黒騎士部隊全体の隊長しているやつじゃないか！」

赤髪の男を指さしながらギョッとした顔の職人の一人が言う。

「うお、本当だ！」

倒れている黒騎士たち、そしてリリアたちを何度も見比べて、徐々《じょじょ》に実感がわいていく。

「す、すごい……」

「やった、やったぞ！」

「っ、俺たちは解放されるんだー！」

困惑《こんわく》からの理解、理解からの安堵、安堵からの喜びへと変化していく感情は大きな声へと繋がっていく。

「ま、待て、待つんだ！　ここで騒いでしまっては、外で戦ってくれているレジスタンスの陽動が意味をなくしてしまう！」

サエモンの心配のとおり、西側に向かった警備兵たちが、こちらの異変に気づき始めたようで戦力を回してきていた。

解放感から大声を上げてしまい、それがばれてしまったことに気づいた職人たちはさあっと顔を青ざめていく。

「へーきへーき。みんなをこの建物から解放できたんだから、私たちもあっちに加勢すればいいんだよ」

リリアは軽い調子でそんなことを言う。

「なるほど、そうであったな」

サエモンは思いつかなかったと、彼女の提案に納得《なっとく》していた。

イフリアもその隣《となり》で頷いていたが、職人たちはこぞって首を傾《かし》げている。

「あ、あんたたちは一体なにを言っているんだ？」

そして、職人の一人がそれを言葉にしてしまう。

「あぁ、説明が必要か。つまり、私はみなを逃《に》がさねばならないと思い込んでいたんだ。だが、解放できたならば再度人質《ひとじち》にとられるような事態は避けられる。つまり、残りの兵たちを倒せば、この職人村をレジスタンスの管理下におくことができる」

サエモンが改めて説明するが、職人たちは再度首をかしげてしまう。

『……混乱しているようだぞ』

いまいち理解されてなさそうな反応を見て、イフリアがぼそりと呟《つぶや》く。

「うーん、まあとにかくみんな倒しちゃえば問題ないってことだよ……というわけで、行ってきまーす！」

敵がやってきているため、先手を打つべくみんなを残してリリアは走って行ってしまう。

「やれやれ判断が早いというか、猪突猛進《ちょとつもうしん》というか……」

呆《あき》れた様子のサエモンだったが、彼もリリアと同様の考えを持っているため、いつここから離れようかと考えている。

『ふむ、ならば我《われ》が彼らと共にいよう。サエモンは行くといい』

イフリアは二人ほど戦闘《せんとう》好きというわけではないため、そんな申し出をした。

「おっ、そう言ってくれるのはありがたい……というわけで、私はこの職人村にいる戦力を片づけてくるゆえ、みなさんはここで待機してくれ。一応黒騎士たちは動けないように処置はしてある。では！」

サエモンはそう言い残すと、西門へと向かって行った。

『では、我々は片が付くのを待つとしよう』

戦いを終えて小竜《こりゅう》サイズへと変化したイフリアは、適当な場所で丸くなって目を閉じる。

「…………なあ、あの竜……普通《ふつう》に話していたよな？」

「言うな。俺も自分の耳が信じられないが、信じるしかない」

「うむ。混乱はまだ残るが、彼が言うように、大人しく待っていよう。我々が再度捕《つか》まってしまえば、助けてくれた彼らの足を引っ張ってしまうことになるからな」

これは帝国に流れ着いたヤマブキの言葉である。

彼は囚《とら》われの状況《じょうきょう》でもいつも平静を保っており、リリアたちに救出された今も落ち着いた様子で、やらなければならないことを進めていく。

（この男が捜していたヤマブキという人物のようだな）

すすけて経年劣化《れっか》が見られる服装がヤマトの国のものであるため、イフリアは心の中でそんな風に考える。

実際、ヤマブキをじっくり見てみると、白髪《しらが》交じりの髪を結《ゆ》わえて手拭《てぬぐ》いをまいてはいるが、サヤやツルギの親であると感じる顔立ちで、筋肉質な身体をしている。

職人気質《かたぎ》な独特の雰囲気《ふんいき》を持ち、特別な腕前《うでまえ》を持っている空気を感じさせていた。

「竜殿《りゅうどの》、此度《このたび》は誠《まこと》に助かった。また、我々が再度帝国に捕縛《ほばく》されないよう、しばらくの間迷惑《めいわく》をかけるが、よろしくお頼《たの》み申す」

ヤマブキはひとしきり職人全員の無事を確認してからみんなに指示を出すと、小竜姿のイフリアに深く頭を下げる。

『わかった』

イフリアはシンプルな言葉だけ返して、静かに目を閉じた。

それから三十分程度経過したところで、キルたち第二部隊とともにリリアとサエモンが戻《もど》って来た。

「ふう、どうなることかと思いましたが、これで私たちの任務は完了ですね」

建物の中に職人たちが全員いるのを確認したキルはあちこち砂埃《すなぼこり》にまみれているが、目的を達成できて安堵している様子だ。

「みなさん、職人さんたちが無事に逃げられるように手配してください」

「はい、わかりました！」

すぐにキルが指示を出していき、レジスタンス兵たちが職人たちをひとりひとり確認しながら案内するために動いていく。

その様子を見ていたキルだったが、ふとあることに気づくとすぐに険しい表情へと変化してリリアたちと向き合う。

「……なぜ？」

そして、この一言を口にした。

「えっ？　なにが？」

なんのことを質問されているのかわからず、リリアが困ったような顔で聞き返す。

「なぜ本来六人であたるはずの作戦に三人しかいないのですか！」

そして、少し声を荒《あら》らげながら再度質問をする。

「なんで怒《おこ》っているのかよくわかんないんだけど、なにか問題でもあったの？」

目的を達成しているはずなのに、キルに叱《しか》られているような気持ちになったリリアは不満そうにそう問いかける。

職人救出にはリリア、サエモン、イフリアの三人で任務に挑《いど》んで、警備の黒騎士六人を即座《そくざ》に倒して職人を一人も欠くことなく救出した。

更《さら》には、陽動部隊に援護《えんご》に向かって残った警備兵たちも倒すことに成功した。

にもかかわらず、キルはリリアたちを責めるような口調で問いただしている。

その理由がリリアにはわからなかった。

「もともとこの作戦はアタルさんたち六名で職人を救出するというものですよね？　それなのに勝手に作戦を変えていいと思っているのですか？　今回はたまたま何の問題もありませんでしたが、集団で動いているなかでこうやって軽率《けいそつ》に作戦を変更《へんこう》するとどこかでほころびが出てしまうんですよ！」

結果よりも、勝手な行動をとったことに対してキルは憤《いきどお》りを感じている。

「すまないが、今回の作戦変更に関して言うと、私たちが勝手に判断したことではない。そちらのリーダーであるコウタ殿とうちのアタル殿が話し合った末のものだ」

「なんですって⁉」

怒っているキルをなだめるように冷静に語るサエモンの話を受けて、キルはうろたえ、困惑してしまう。

レジスタンスのサブリーダーであるはずの、コウタの右腕《みぎうで》であるはずの自分自身がなにも聞いていない。

つまり、コウタが一人でアタルと話し合って今回のことを考えたことになる。

「なんで、そんな、私には知らされていないなんて……」

キルは裏切られた気持ちになって、ふらふらとよろけてしまう。

「キル殿がどれだけレジスタンスを大事に思っていて、どれほどにコウタ殿のことを信頼し信頼されていると思っているのか、それは理解できる」

「っ――なにを知った風な！」

サエモンの言葉に対して、キルは彼をにらみつけながら苛立《いらだ》ちを募《つの》らせる。

「まあ、聞いてくれ。コウタ殿がなぜ作戦を秘密にして行動したのか……その答えがそこにあるのではないかな」

言いながらサエモンがある方向を指さす。

その先にいるのは、彼らが倒した黒騎士の六人だった。

「この六人はなかなかの使い手で、黒騎士部隊の中でも中枢《ちゅうすう》に位置する者たちらしいな」

「……確かに、彼は大隊長で、他の五人も部隊長ですね」

帝国側の幹部の顔を覚えているキルは、少々の驚《おどろ》きを含みながらも冷静さを取り戻し、六人が隊長格であることを確認する。

「聞いていた話では黒騎士というのはボルガルンの重要戦力とのこと。その彼らがなぜ職人村にいるのか？　百歩譲《ゆず》って一般《いっぱん》の黒騎士なら話はわかるが、隊長と呼ばれるこれほどの者たちが来るというのは普通にあり得ることなのか？」

国家の重要戦力を、しかも六人も職人たちの警備に配するというのは、普通では考えられないことであるため、キルは首を横に振った。

「ではなぜ、彼らはここにいたんだ？」

キルに答えを導いてほしいサエモンは質問を止めずに続ける。

「それ、は……情報が、漏《も》れていた、としか……」

口にしたくないが、たどり着いてしまった答えに、苦しそうな表情でキルは口を開く。

彼も信じたくはない、しかしそれ以外に答えは見つからなかった。

「だろうね、でもってこの状況で酷《ひど》く動揺《どうよう》しているのはこの人だけだよ」

その間にリリアはぎこちない動きをしているある幹部の後ろに回り込んでおり、彼の肩にポンっと手を置いている。

「くそっ、バレたか！」

「えー、ここまできて逃げられると思ったの？　さすがにそれは甘《あま》いんじゃないかなあ」

男は走って何とか逃げようとするが、にっこりと笑《え》みを深めたリリアが肩に置いた手に力を込め、組《く》み伏せて動きを封《ふう》じた。

「マイラス。どう、して……ですか？」

いつも冷静沈着《ちんちゃく》なキルだったが、まさかの裏切りに信じられないものを目《ま》の当たりにしたような目で彼を見る。

なぜなら彼はキルが自ら仲間に引き入れた人物であり、今回自分の部隊に入ってもらったのも信頼しているからこそだった。

「――どうして？　どうしてだって？」

すると男はリリアによって組み伏せられた状態で、呆れたようにやけくそな声をあげる。

「レジスタンスなんかがいるせいで国が余計に乱れるんだ！　レジスタンスが動くせいで罪のない人にまで迷惑をかけているのがわからないのか！」

バレてしまったからにはと開き直ったのか、男は目をむいて、唾《つば》を飛ばしながら、キルだけでなく全員に訴《うった》えるように大きな声を出す。

「レジスタンスが解放だなんて動きをするから、村や街や集落にいる者たちにまで被害《ひがい》が及ぶんだ！」

彼の言葉に思い当たることがあった者は、悲痛な表情になっていた。

もちろんそれはキルも同様で、視線を彼から逸《そ》らしている。

組み伏せられている彼は、ある村で両親と妹と四人で慎《つつ》ましくも穏《おだ》やかな日々を送っていた。

もちろん帝国の支配下にあったため、税などの徴収《ちょうしゅう》は厳しく、不毛な土地柄《とちがら》、決して裕《ゆう》福《ふく》な暮らしが送れていたとは言えない。

しかし、それでも彼は大事な人たちと一緒《いっしょ》に暮らせているのが幸せだった。

「お前たちが村に来なければ、父は、母は、妹は……死ぬことはなかったんだっ！」

この言葉にレジスタンスの面々は心を貫《つらぬ》かれて、押し黙《だま》ってしまう。

よかれと思って、国を取り戻すために、そんな思いで戦ってきた自分たちが間違《まちが》ったことをしているとはもちろん思っていない。

それでも、こうやって生の声を、しかも仲間だと思っていた人物から向けられるのはこたえていた。

「――ねえ、あなたの話には同情の余地はもちろんあるけどさ、だからといって仲間のみんなを裏切っていいことにはならないよね？」

レジスタンスではないからこそ、リリアははっきりと言える。

「国のためだからなにをしてもいいかっていうとそんなことはない。そもそもレジスタンスのみんなが動かなければならなかったのは、国に何かしらの原因があったのではないか？」

サエモンは自身も国を統治していた身として、上が全てを決めるトップダウン型の危険性は身をもって感じていた。

「ぐっ……だ、だけど、だとして、レジスタンスが動かなければ俺の家族が死ぬことはなかったんだ！」

彼はとにかく自分が、家族が味わった不幸を受け入れられず、その思いを発散するためにはレジスタンスが悪であると決めつけるスタンスは変えられない。

その結果としてここまで拗《こじ》らせてしまっていた。

「今回君が裏切ったことでこちらにいる職人のみなさんが再び地獄のような日々を味わう可能性だってあったんですよ？」

ここに閉《と》じ込められていた職人たちの置かれた環境《かんきょう》は決して良質なものではなく、最低限の仕事場に、食事、寝場所《ねばしょ》、それに対して最高の結果を求められていた。

助け出せなければ、彼らは明日からも劣悪《れつあく》な環境での生活を送り続けていただろう。

最悪、マイラスの家族と同じように死という結末を迎えていた者もいたかもしれない。

「あ、あぁ……」

改めてよく見ると職人たちの指は本来の仕事をしているときよりも明らかにボロボロで、クマだらけのよどんだ目をし、くたびれた服――そして顔からも生気が感じられない。

それほどまでに苦しんでいる彼らを見て、マイラスは自分がやらかしてしまったことの大きさを実感していた。

「……マイラスを拘束《こうそく》してください。アジトに拘留《こうりゅう》後、どこまでの情報を流したか徹底的《てっていてき》に白状させるように」

「あぁ、わかった」

マイラスから目をそらしたキルの指示に別の幹部が返事をすると、呆然《ぼうぜん》とするマイラスを立ち上がらせて強引《ごういん》に連行していく。

「とりあえずは一件落着、かな？」

リリアが軽い調子で確認すると、少し悲しげだが真面目な顔をしたキルは静かに頷いた。

「先ほどは強い言葉を投げてしまい、申し訳ありませんでした。このような状況ではリーダーが情報を共有しなかったのも納得できます」

キルは、コウタがアタルたちに傾倒《けいとう》しすぎていると感じていたが、ただそれだけではないとわかって安堵し、そして盲目《もうもく》だった自身の不甲斐《ふがい》なさを感じている。

「それより、作戦はまだ終わってないよ。部隊の一部の人たちは職人村の中を調べて、情報収集と物品回収をしないと。職人さんたちが元々持っていた物なんかも全部返してあげてね？」

リリアはキルが怒っていたことには何も思うところはない。

だがこれはアタルからの伝言で、道具は職人の命だから元の持ち主が持つべきだと念を押すほど強く言われていた。

「それはもちろんですが……一部というのは？　本来の役目は職人たちの解放ですからみんなで確認していけば」

「ちっちっち」

リリアが指を声にあわせて横に振る。

「作戦は終わってないって言ったでしょ？　一部の人たちはここの確認をしたあとに、職人さんたちをアジトに連れて行く」

ここまではキルも考えていたことだった。

「で、残りの人たちはすぐにこのままボルガルンに向かうの」

「……えっ？」

予想外の発言にキルは首を傾げる。

「というわけで、キルはそのメンバーの選出をよろしく！」

話しながら、リリアたちは広い場所へと移動していた。

「えっ？　リリアさんたちは？」

当然の疑問がキルから投げかけられる。

「もちろん私たちも行くよ。超特急《ちようとつきゆう》でね！」

その言葉に合わせるようにぐるりと体を回転させたイフリアが元のサイズへと変化していく。

「じゃ、あとはよろしく！」

その言葉を最後にリリアたちはイフリアの背に乗って飛び立って行った。

キルをはじめとするレジスタンスの面々は、まるで嵐《あらし》が過ぎ去っていったかのような喪《そう》失感《しっ》を感じつつ、そんな彼らの行方《ゆくえ》をしばらく見送ることに。

「――キルさん、あの人たちはいったい何者なのでしょうか……？」

あまりの手際《てぎわ》の良さにレジスタンスの一人が困惑した表情で改めてキルに問いかける。

「……私にもわかりません。ただ、リーダーは彼らを頼《たよ》りにしていて、それに応えられるだけの実力を持っていることだけは確かですね」

自分にはないものを持っているアタルたち。

そんな彼らへの、キルの嫉妬《しっと》心《しん》は既に消えており、ただ憧《あこが》れと驚嘆《きょうたん》だけを抱《かか》えていた。

第三話　真の潜入《せんにゅう》

コウタたちがボルガルンの南側にある正門を、キルたちが職人村の西門を攻《ぜ》め、リリアたちが職人村の東側から潜入しているのと同時刻。

「さすがにこっちは完全に手薄《てうす》だな」

アタルたちは、クラグラント帝国の首都ボルガルンの西門へとやってきていた。

コウタたちのように隠《かく》れていないアタルたちだが、それは早朝という時間にしてはこの場所が人でごった返しているからだ。

普段《ふだん》なら衛兵が出入りを管理しているが、あまりの人出ですでに崩壊《ほうかい》している。

「ですねっ」

『うん！』

アタル、キャロ、バルキアスの三人は当初の三部隊とは別の、隠れた第四部隊として動いていた。

ボルガルンで生活しているのは騎士や兵士などの戦力だけでなく、帝国民も住んでいる。

そんな彼《かれ》らは首都が襲《おそ》われ、かなり大きな被害を受けていると聞いて、慌《あわ》てて西門や北門から逃げ出していた。

襲われていない空いた門から逃げるのは当然の選択《せんたく》で、東には職人村という名の監獄《かんごく》があることをわかっているため、東門は彼らの選択肢《せんたくし》から必然的に除外されている。

自らの命を優先しているため、普段ならば明らかに外の人間であるアタルたちを気にしたかもしれないが、今は誰《だれ》も気にしていない。

「それにしてもたくさんの人ですねっ」

帝国は土地が貧しく食物などは輸入に頼っていると事前に聞いていたため、生活が苦しく、首都に住んでいる人も少ないのではないかとキャロは思っていた。

「あぁ、しかも身なりもそれなりに整っている。ということは、苦しい暮らしをしているのはボルガルン以外に住んでいる者たちで、ここはそうでもないのかもしれないな」

アタルが言うように、貴族はもちろんのこと、貴族ではない一般の帝国民も生活が苦しいようには見えない。

それなりの防寒具に身を包み、それぞれが大荷物を抱えて我先にと脱出《だっしゅつ》しようとしている。

この辺りにも帝国のいびつさが感じられた。

「とにかく人の波が途切《とぎ》れないうちに俺《おれ》たちも潜入しよう」

「はいっ！」

『了解《りょうかい》！』

城塞都市《じょうさいとし》とあって、街の中は皇城へ向かって複雑に入り組んでいる。

ボルガルンの地図を事前に確認《かくにん》していたアタルたちは、迷うことなく皇帝《こうてい》のいる城へと向かっていた。

これが昨晩アタルたちの部屋でコウタと話し合った末の、変更後の作戦だった。

ボルガルンをリーダーであるコウタが攻めることで、レジスタンス側の本気度を見せ《せ》る。

同時に職人村はキルとリリアたちで解決させる。

実はそのどちらも本命ではなく、全てが陽動作戦であった。

職人村が襲われているという情報はボルガルン側に、そして首都が襲われているというのも職人村側へ伝わっている。

攻め込まれている目の前の現状があり、別の重要拠点《きょてん》が襲われているということで、双《そう》方《ほう》に同時に混乱と焦《あせ》りを作り出していた。

どちらも帝国にとっては重要拠点。

それが両方攻められているとあれば、どちらかが本命と見られている。

「さて、ここからは周囲を警戒して気配を消しながら移動していくぞ」

この言葉にキャロとバルキアスは無言で頷いた。

皇城が近くなってくると街と違って人の姿はほとんど見られない。

衛兵との余計な戦闘を避《さ》けるため、姿を隠しながら慎重《しんちょう》に移動していく。

アタルが視覚で、キャロが音で、バルキアスは匂《にお》いで警戒する。

これによって敵に見つかることなく、反対に相手を見つけても気絶弾《だん》で即座に意識を奪《うば》いながら安全に進むことができた。

（にしても、あの城には一体なにがあるんだ？）

先ほどからアタルは魔眼《まがん》で周囲を警戒しているなかで、城も視界にとらえている。

その度《たび》に、皇城が得体のしれないなにか特殊《とくしゅ》な力に包み込まれているのが見えていた。

この力が帝国の抱えているなにかと繋《つな》がっているのは予想に難《かた》くない。

（アタル様、そろそろですっ）

次の角を曲がったところで、皇城へと続く道までやってきていた。

しかし、城の周囲には深く広い堀《ほり》があり、直接向かうのは難しい。

唯一《ゆいいつ》城へと繋がっている一本道は橋のようになっており、より一層厳重な警戒網《けいかいもう》が敷《し》かれている。

（さて、どうしたものか……）

そんな風に考えていると、アタルたちがいるのとは正反対の方角から騒《さわ》がしい声が聞こえてきた。

「正義は我にあり！　みんな、続け！」

聞き覚えのあるその声の主はコウタだった。

兵士たちを倒《たお》し続けて城の近くまでやってきているのが見て取れる。

しかし、コウタはあえて城まではいかずに、城内にいる騎士たちを引き出してアタルたちが潜入する隙《すき》を作ろうとしている。

その目論見《もくろみ》どおり、次々に皇城から騎士たちが飛び出していき、戦力がコウタたちへと集中していく。

「さて、それじゃ俺がダメ押《お》しをしておくか」

コウタの援護を感じたアタルは不敵に小さくほほ笑むとスコープを覗《のぞ》いて、見張りの兵士たちの位置を確認する。

そして、発見とともに気絶弾を撃ち込んで倒していく。

その数、十人。

皇城へはあと一歩という場所だけあって見張りの数はかなり多く、決して敵を城に近づけさせないという意思が伝わってくる作りと配置になっている。

それを全て打破することができた今となっては、余裕《よゆう》をもって潜入することができる。

「さて、それじゃ俺たちも行くぞ」

そう言ってライフルの構えを解いたアタルは橋へと――向かわずに、踵《きびす》を返して橋に背を向けると迷うことなく移動していく。

「あ、あれ？　正面から行くのではないのですかっ？」

急いでついていくキャロはそのために見張りを気絶させたのだと思っていたため、アタルの行動に驚いてしまう。

「あぁ、あれはあとでコウタたちが入ってくる時に邪魔《じやま》にならないように排除《はいじよ》しておいただけさ。俺たちは別の場所から入ろう」

そう言うと、ためらうことなくアタルは堀に飛び込んでいく。

「あっ」

『あっ』

思いもよらないアタルの行動に驚いたキャロとバルキアスは、身を乗り出して堀を覗き込み、アタルの無事を確認しようとする。

そんなアタルは落下の最中に氷の魔《ま》法弾《ほうだん》を静かにいくつか撃ち込んでおり、貯《た》まっている水を凍《こお》らせて足場を作り出していた。

そしてキャロたちが覗いていることを分かっているため、足場を確保すると軽く手招きした。

キャロたちは頷き合うと、迷うことなくアタルの作った足場を使って深く広い堀の中へと降りていく。

「こっちに別の入り口がある」

アタルと合流したキャロたちは思わぬ方向からの空気の流れに驚いていた。

それは堀の陰《かげ》になっている場所に作られた秘密の通路からのものであり、とても古くからある様子だ。

使われている雰囲気もないため、おそらく衛兵たちも知りえない隠された道である。

「よくこんな通路に気づかれましたねっ」

『うんうん、僕《ぼく》も気づかなかった』

堀の上からは全く見えない位置にあるため、二人は驚いていた。

「あぁ、魔眼に力を込めて怪《あや》しい場所がないかずっと見ていたんだよ。玄武《げんぶ》の力も込めたことで見えない場所も見えるようになったんでな」

この通路は堀の水の中から生えている大きな草によって隠れるようになっていたが、魔眼で植物の向こうの通路を確認することができている。

「さすがアタル様ですねっ」

『うんうん、さすがアタル様だ！』

二人は自分たちにできないことをあっさりとやってのけるアタルのことを素直《すなお》に褒《ほ》めた。

「これくらいは大したことはないんだがな……」

彼らの称賛《しようさん》にアタルは肩《かた》を竦《すく》めながら、自身の行ったことは特別じゃないと話す。

「それより、中になにかがいるかもしれないから、二人の力をあてにしているぞ」

今度はキャロとバルキアスの力の番だと、アタルは二人の頭にポンっと手を置く。

「は、はいっ！」

『うん！』

すると、二人は嬉《うれ》しそうに返事をして、やるぞ！　と意気込《いきご》んで通路に入って行った。

（聴覚《ちようかく》と嗅覚《きゆうかく》はこういう通路では重要な能力だからありがたい。それに二人なら色々気づいてくれるだろうな）

頼もしい二人の背中を見ながら、アタルは優《やさ》しい微笑《ほほえ》みをたたえていた。

通路の中は少し湿《しめ》って暗かったが、ところどころに光を放つ苔《こけ》が張りついているおかげで薄暗《うすぐら》い程度に明るさは保っている。

最初の使われていないという見立て通り、人どころか魔物《まもの》の気配もなく、静かな場所だった。

「うーん、迷路《めいろ》みたいになっているのはちょっと面倒臭《めんどうくさ》いな」

だが堀の入り口からしばらく真っすぐ進んだところで、三つの道に分かれていたため、アタルはそんな不満を口にした。

薄暗いこの通路はどの道を選んでも奥《おく》がどうなっているかはわかりにくい。

「…………あちらから風が吹《ふ》いている音がしますねっ」

『うん、そっちから外の匂いがするかも』

「よし、そっちに行ってみよう」

耳をぴくぴくと揺《ゆ》らしながら音に耳を澄《す》ましたキャロと、鼻で空気のにおいを探《さぐ》ったバルキアス。

二人が同じ道を示すため、一切《いっさい》の迷いなくアタルはそちらを選ぶことにする。

「……いいのですか？」

自分で決めた道とはいえ、正しいかどうかの確信はない。

それなのに、アタルがあまりにも簡単に決めたため、不安な顔をしたキャロは思わず問いかける。

「二人が言うんだから大丈夫《だいじょうぶ》さ。もし違《ちが》っていてもまた戻ってくればいい。さ、行こう」

アタルが先導していくが、その背中を見る二人は自分たちへの信頼《しんらい》を感じて自然と笑顔《えがお》になっていた。

進んでいった通路には小さなネズミの魔物がいた程度で、順調にいき、キャロたちの見立て通りやがて地上に繋がる階段へと到着《とうちゃく》する。

「――外に人はいないみたいです」

キャロは足音、甲冑《かっちゅう》の音、衣擦《きぬず》れの音などが聞き取れないことから、そう判断する。

『うん、大丈夫！』

バルキアスも人の匂いを感じないため、太鼓《たいこ》判《ばん》を捺《お》す。

慎重にゆっくりと外に出ると、そこはどうやら皇城の中庭のようだった。

整備された上品な雰囲気の庭園の草花に溜《た》まった朝露《あさつゆ》が、ちょうど顔を出した陽《ひ》の光に照らされてキラキラと輝《かがや》いている。

「さてさて、中に入ることはできたが、どっちに行くべきか……」

アタルはそう呟きながらも、視線が向いたのは一つの方向であり、キャロとバルキアスも同じ方向を見ている。

「城の中に入ってみるとわかるが、あっちのほうから禍々《まがまが》しい気配を感じるな」

少し眉間《みけん》にしわを寄せたアタルの言葉に、真剣《しんけん》な表情の二人は頷《うなず》く。

ただの魔力《まりょく》ではなく、どす黒い、薄《うす》ら寒《さむ》いほどの気持ちの悪い力が漂《ただよ》ってくるのを三人ともが感じていた。

「それじゃ、行くか」

「はいっ」

『うん！』

目的地を見定めた三人は周囲を警戒《けいかい》しながら身を潜《ひそ》めて進んでいく。

皇城の中は異様なほど静まり返っており、禍々しい気配以外のものはなかった。

ぐるりと見まわすと古く歴史を感じるような厳《おごそ》かな雰囲気を感じる作りとなっている。

ちょうど朝日が差し込《こ》んでいるため、荘厳《そうごん》な雰囲気がさらに高まっており、こういうときでなければ古城探索《たんさく》が楽しめたかもしれない。

コウタたちの対応で騎士《きし》たちが全て出払《ではら》っているのか、アタルたちが進む道がたまたま警戒対象外なのか、とにかく彼らが騎士と遭遇《そうぐう》することはなく進むことができていた。

『こっちから嫌《いや》な匂いがするね』

フンフンと鼻を鳴らしたバルキアスが言ったのは、ひと際大きな扉《とびら》の前。

重々しい雰囲気の精巧《せいこう》な模様が刻まれた扉は、これまでアタルたちが訪《おとず》れた城の特徴《とくちょう》に照らし合わせればそれなりの人物がいるか、重要なものが保管されていることが多い。

「――ここは謁見《えっけん》の間か？」

道中の道のりで、この部屋が特別な場所であることは感じていた。

周りに別の部屋はなく、ただこの部屋へとまっすぐに続く道。

つまり、ここが特別であることを示している。

城内で特別な部屋といえば、王への、今回の場合は皇帝への謁見に使われる部屋であろうとアタルたちは予想していた。

アタルたちが皇城へ来てからずっと感じている異様な気配もここからだと感じた。

「とにかく開けてみますね。……うんしょっと」

キャロは力を込めて巨大《きょだい》な扉を開けていく。

重々しい音とともに扉が開かれると、中からはひやりと冷たい空気が流れだして来た。

「ここは……訓練所？」

謁見の間があると思われた重い扉の先に広がっていた部屋は、小さな闘技場《とうぎじょう》のような円形の舞台《ぶたい》があり、壁《かべ》には様々な武器が飾《かざ》られているのが見えた。

「こいつは予想外の光景だな」

気配を確認してゆっくりと足を踏《ふ》み入れていくと、全貌《ぜんぼう》が明らかになっていく。

見上げた天井《てんじょう》は高く、窓からは陽の光が入り込んでいた。

耐久用《たいきゅう》の魔法《まほう》が施《ほどこ》された壁や床《ゆか》には無数の傷が刻まれている。

「修練のあとが見られますねっ」

この国の兵士、黒騎士、それとも皇帝か。

ここで多くの訓練と称《しょう》した戦いが行われた証《あかし》が見てとれた。

アタルたちが最初に感じた嫌な気配は、この奥の扉の向こう側から感じられる。

『ガウ！』

ここで、低く身を構えて唸《うな》るバルキアスは何者かの気配を感じて、舞台の向こう側の扉に向けて一つ吠《ほ》える。

「敵さんのお出ましといったところか」

アタルたちが入ってきた反対側にも出入り口があるようで、そちら側から白をまとった騎士の一団が入って来た。

「一糸乱れぬとはこういったことか」

先頭の一人に恭《うやうや》しく付き従い、隊列を乱さずに行進してくる。

そして、舞台の手前に到着したところで横一列に広がっていく。

その間も足音が心地《ここち》よいほどのリズムを刻み、美しい統率《とうそつ》を見せて彼らは姿を現した。

「おー、すごいな」

アタルは感心して目を見張る。

地球時代にテレビで見た大学生や自衛隊の行進を思い出しており、それと比べても遜色《そんしょく》ないとすら感じていた。

「す、すごいですっ」

そして、初見のキャロはもちろん感動を覚えている。

彼らは白を基調とした鎧《よろい》を身に纏《まと》っており、胸の中心には帝国《ていこく》の紋章《もんしょう》が刻まれていた。

先頭の騎士だけが深い赤色のマントを身に纏っており、その他の騎士は黒いマントを身に着けている。

「我々は太陽の主であるイグダル皇帝にお仕えする近衛騎士団《きしだん》である！」

先頭の男性の言葉に合わせて騎士たちは抜剣《ばっけん》して、剣先《けんさき》を上にして顔の前に構え、更に高く掲《かか》げ、今度は両手で持って剣先で地面を突《つ》く。

「私の名前は近衛騎士団団長のメイラズだ。侵入者《しんにゅうしゃ》である貴様らを討《う》つ者の名である」

そう言うと、メイラズは剣《けん》をアタルに向けた。

「ふむ、名乗ってもらったからにはこちらも名乗ったほうがいいのか？」

小さく首を傾《かし》げたアタルが問いかけるとメイラズは無言で頷く。

剣は既《すで》に下ろしていた。

「俺の名前はアタル。冒険者《ぼうけんしゃ》だ」

これで終わりにしようとするが、どうにも相手のメイラズは不満であるらしく、無言のまま睨《にら》みつけていた。

「アタル様、恐《おそ》らくあの方々は我々の目的を聞こうとしているのだと思います」

すると、少し気まずそうなキャロがひそひそと相手の意図を伝えてくれる。

「あぁ、そういうことか……」

理解した彼は、再びメイラズに視線を向けて口を開いた。

「俺たちは帝国に、というか皇帝側に混乱をもたらして、あわよくば皇帝に失脚《しっきゃく》してもらいたいと思っている」

なるべくシンプルに、だがとんでもないことをサラリと言ってのける。

「貴様らの顔は見たことはないが、レジスタンスの人間か？」

メイラズたち近衛騎士団は表立って戦うことは少ないが、それでもレジスタンスのメンバーのことは知っている。

特にコウタやキルをはじめとする幹部の顔は全員把握《はあく》していた。

しかし、アタルたち三人の情報はもっておらず、訝《いぶか》しげな表情で尋《たず》ねてくる。

「あー……半分は正解だ。レジスタンスに協力している。だが、所属しているわけじゃない。この国に用事があって、そのついでに皇帝を倒そうとしているだけさ」

アタルのこの言葉に嘘《うそ》はなく、全て本当のことを言っていた。

「……ついで、だと？」

あまりにも荒唐無稽《こうとうむけい》な発言に、メイラズをはじめとする騎士たちはそんな言葉をうのみにすることはできなかった。

アタルたちにからかわれていると判断した近衛騎士団の面々は、苛立ちをその表情に浮《う》かべていた。

「信じられないって顔をしているが、本当のことだ。レジスタンスのリーダーに貸しを作りたくてな、その代わりに皇帝を討つっていう約束なんだよ。悪いが余計な戦闘《せんとう》は避けたいからどいてくれるとありがたい」

そう言われて相手が『はい、わかりました』と言ってくれないのはわかっているが、あえてアタルはこの要望を伝えてみる。

「……貴様らとは話しても無駄《むだ》のようだ」

すると呆《あき》れたような眼差《まなざ》しで見切りをつけたメイラズは後ろを向いて視線を上にあげる。

そこには、ちょうどこの場所を見下ろせる小さなバルコニーのような突き出したところがあった。

そこには豪奢《ごうしゃ》な王冠《おうかん》をかぶり、黒い鎧に赤いマントを身に着けた男性の姿がある。

少しやせ気味で銀色交じりの肩まで伸《の》びた白い髪《かみ》に、くすんだ銀色の瞳《ひとみ》をしている。

「あいつは……」

その人物を見た瞬間《しゅんかん》、アタルは全てを理解する。

（あの男が皇帝だな。あの目は昏《くら》く濁《にご》っている……）

アタルがそう評するように、彼の目からは強い意志を感じることはできず、全てをはかなく思い、誰よりも高いところから見下し、何もかもを諦《あきら》めているようで、まるで自分以外に興味がない――そんな印象を受ける瞳をしていた。

その外見からも王族という割には覇気《はき》が感じられず、亡霊《ぼうれい》のようにも見える。

皇帝イグダルは一度アタルに視線を向けたが、なんの反応も示さずにメイラズの方へと視線を戻《もど》す。

「我らは我らが太陽、イグダル皇帝直轄《ちょっかつ》の近衛騎士団。我らが忠誠とともに不穏《ふおん》な輩《やから》を打倒《とう》し、勝利を捧《ささ》げます！」

誇《ほこ》り高き騎士として実直な声音《こわね》でそう宣言したメイラズの言葉に皇帝はなにも言わず、背を向けてどこかに行ってしまった。

「さあ、この不敬な輩をさっさと片づけて皇帝陛下に報告をしようではないか！」

「「「「「「「おおっ！」」」」」」」

その呼応とともに、全員が舞台の上に出てくる。

「これはなかなかすごいものだな」

メイラズはアタルたちのことを皇帝に反逆を企《くわだ》てる不遜《ふそん》な者たちだと判断している。

それは他の騎士団員も同様だった。

「三対十と数的不利。しかも相手はこの国のトップレベルの騎士たちとなると、少しだけ本気を出した方がよさそうだな」

アタルはハンドガンを手に持つ。

「はい！　少し、本気を出しましょうっ」

キリッと戦いに備えた表情のキャロも二本の剣を構える。

『あおーん！』

バルキアスは雄《お》たけびをあげると、跳躍《ちょうやく》して舞台へと上がった。

「さっさと片づけてあの皇帝様のところに行くぞ」

「ですねっ」

この国の問題の元凶《げんきょう》である皇帝を倒すことがアタルたちの目的であり、近衛騎士団との戦いは通過点に過ぎない。

だからこそ、この程度の障害は簡単に越《こ》えなければいけなかった。

開始のかけ声があるわけではないため、どちらともなく動き始める。

ここに、アタルたち三人と近衛騎士団の戦いが始まった。

「まずは小手調べだな」

アタルは二丁のハンドガンで次々に弾丸《だんがん》を撃《う》ちだしていく。

狙《ねら》っている相手は誰とは決めず、とにかく十人全員だった。

「そんなものなど！」

厳しい修練を重ねていた近衛騎士団は無策のままくらうことはなく、各自がそれぞれの武器で弾丸を防いでいた。

(通常弾とはいえ、あれだけの数をうまく避けていくもんだな)

それを見たアタルは弾丸を放つ手を止めずに、内心では感心している。

「せい、やあ！」

『ガアア！』

もちろん攻撃《こうげき》をするのはアタルだけではなく、そこにキャロとバルキアスの近接攻撃が加わっていく。

「くっ」

いくら弾丸を防いでも絶え間なく次の弾丸が降り注ぐ。

そこにキャロが短剣《たんけん》による連撃《れんげき》をすき間なく撃ちだしてくることで、どうしても押し込まれてしまっていた。

「数はこちらが多いというのに！　ええい、鬱陶《うっとう》しい！」

近衛騎士たちの数的有利に対して、アタルは手数で優位に立とうとしており、それは見事に作戦どおりにハマっている。

「私があいつを倒します！」

近衛騎士団の面々もそれに気づいており、一人がアタルを討つことで状況《じょうきょう》を変えようと動き始めた。

それは騎士団の中でも最も早く動くことのできる最年少十八歳《さい》の騎士ファティ。

騎士たちの中では小柄《こがら》で幼さの残る顔立ちだが、実力は随一《ずいいち》。

近衛騎士団の他の者の年齢《ねんれい》が二十代後半ということからも彼の早熟さがわかる。

そんな彼なら、あの謎《なぞ》の遠距離《えんきより》攻撃《こうげき》をしてくるアタルという男を素早《すばや》い動きで翻弄《ほんろう》し、倒せるはずだ。

普段手合わせを繰《く》り返しているからこそ、実力を認めている近衛騎士の全員が信じていた。

本人もその自信があるがための単独行動である。

「いい判断だ」

そのファティの動きに対して、アタルは賞賛する。

騎士団にとって今最も厄介《やっかい》な攻撃は、アタルのハンドガンによる遠隔攻撃《えんかくこうげき》であるため、もし彼が敵側にいたとしても自身を一番に潰《つぶ》すだろうと考えていた。

「――だが、そう簡単にできるかな？」

好戦的に薄く笑ったアタルは片方の銃《じゅう》で他の騎士たちを攻撃しつづけながら、もう一方の銃でファティを狙っていく。

「その程度の攻撃など！」

息巻いたファティは通常弾を簡単に防いでいく。

目の前に来た弾丸を弾《はじ》けばいいことはこれまでの流れで理解しているため、ファティは同じ動きで弾丸をいなしていた。

だが、ここでアタルはニヤリと笑った。

それに気づいていれば、ファティも警戒心《けいかいしん》を強めてなにかがあるかもしれないと感じ取っていたはずである。

「これを、喰《く》らえ」

しかし、アタルの通常弾を防ぎ、仲間のためにこの戦いの勝機を掴《つか》もうと焦り、あることを見落としてしまう。

アタルの放った通常弾の中には、魔法弾が一発含《ふく》められていた。

「さっさと諦め……ぐあああああッ！」

弾丸を防いだファティはチャンスだと一気に距離《きょり》を詰《つ》めようと速度を上げたところで、これまでのように防いだせいで、爆発《ばくはつ》の魔法弾がさく裂《れつ》して彼を吹き飛ばした。

近衛騎士に与《あた》えられているのは強固な鎧であるため、ダメージはそこまで大きくなかったが、想定と異なる状況にファティだけでなく他の騎士たちも混乱してしまう。

これによって、これまで防げていた攻撃の中に同様のものが含まれてくるのではないかという不安が生まれていた。

たった一発魔法弾を放っただけで、精神的にも有利な状況へと変化させていく。

（さすがアタル様ですっ！）

（すっごいなあ！）

そのことを二人は理解し戦況《せんきょう》を読んで、攻撃の速度をあげていく。

「ふっ、いい判断だな」

先ほどファティに向けたのと同様の言葉を、今度は味方に向けて呟《つぶや》いた。

アタルの攻撃の多彩《たさい》さに騎士たちは意識を割《さ》かなければならない。

その状況にあって、キャロとバルキアスの攻撃速度が上がることで、そちらにも気をとられてしまい、まともに戦うのが難しくなっていく。

「この組み合わせは！」

「凶悪《きょうあく》すぎますッ！」

通常、近衛騎士団ほどの実力があれば、相手が強くとも徐々《じょじょ》に攻撃に慣れていき、戦いの中で対応ができるようになっていくものである。

しかし、アタルは手の内全てを一気に見せるのではなく、徐々に変化を加えている。

対応できた途端《とたん》にその手の裏を掻《か》かれる。

それは近衛騎士がこれまで戦ったことのないタイプの相手だった。

「今度はこんなのもやってみよう」

アタルは弾丸の種類を増やすだけではなく、通常弾に変化を加えていく。

まずは速度をまちまちにする。

「この！　は、速いのと、遅《おそ》いのが、交ざっている！」

先ほどまでは一定の速度だったため、次第《しだい》に感覚をつかみ、簡単に防げていた。

だが慣れたところに、速度の違う弾丸が同時に向かってくるため、より防御《ぼうぎょ》に気を割かなければならなくなっている。

「こんなのもあるぞ?」

アタルは速度に変化をつけるだけでなく、軌道《きどう》にも変化をつけ始めた。

「ぐっ、なんで!」

身構えていたところに急激に角度をつける。

アタルの武器を見て向きを確認しているはずなのに、上と下から同時に飛んでくる。

壁だけでなく、床に突き刺《さ》さった弾丸に反射してくるものまであった。

「うぐっ……!」

そうこうしている間に回避《かいひ》しきれずに弾丸が命中してしまう者も出てくる。

もちろんダメージは少ないが、鎧も身体の露出《ろしゅつ》している部分にも小さな傷ができていく。

「さて、メイラズだったか? 俺たちの攻撃はどうだ?」

攻撃の手を止めずに、隊長であるメイラズへと問いかける。

「ふん! なかなか強いのは認めるが、この程度では我々を倒すことは叶《かな》わんぞ。スリーマンセル、防御陣形《ぼうぎょじんけい》をとるぞ!」

メイラズの言葉で騎士たちは三人一組となり、二人が背中に着けていた盾《たて》を構える。

それによって、弾丸もキャロとバルキアスの攻撃も防ぐことができる。

また、一人は後方に待機して、前衛の二人を盾に攻撃に転じ始めた。

メイラズは実力が十人の中でも上であるため、単独で弾丸を撃ち落としていた。

「おぉ、これはすごい。さすが近衛騎士団」

攻撃に変化をつけても、それに連携技《れんけいわざ》を駆使《くし》してすぐに対応してくる様子を見て、アタルは素直に賞賛の声を送る。

「さて、それじゃあ」

だからといって、このまま拮抗《きっこう》した状況を続けて相手に慣れさせるつもりもない。

「キャロ、バル、いくぞ！」

この言葉を合図に三人は速度のギアをあげていく。

アタルは通常弾を撃ち込んでいくのは変わらず、そこに複数の魔法弾を加えていく。

「爆発するものがあるのはわかっているぞ！」

騎士たちは盾や肉体にも魔力を流して、いつどの弾丸が爆発しても吹き飛ばされないように耐《た》えていく。

「ま、それだけじゃないんだけどな」

アタルが使うことのできる弾丸の種類は無数にあり、それを瞬時《しゅんじ》に切り替《か》えることができるのを騎士たちは知らない。

「あ、足が動かない！」

ある近衛騎士は氷で足止めされ、動きを封《ふう》じられる。

「熱い！」

ある近衛騎士は弾丸で熱せられた盾を掴んでいられず、落としてしまう。

「なんで室内なのに風が！」

ある近衛騎士は足元から突如《とつじょ》として吹き上がる強風にバランスを崩《くず》される。

「壁だと!?」

ある近衛騎士の目の前には土で作られた壁が現れ、視界を封じられる。

身構えていた近衛騎士たちだったが、全ての攻撃が予想の外であったため、あっさりと受けてしまう。

「私もいきます！」

アタルの攻撃を縫《ぬ》うように、キャロは双方の手に持った剣に獣力《じゅうりょく》を込めて攻撃をする。

「なっ、盾が！」

すると、多少の剣戟《けんげき》では傷がつかない盾が、スパッと真っ二つに切り裂《さ》かれてしまった。

『ガオオオ！』

毛を逆立てたバルキアスも爪《つめ》にフェンリルの力を込めて盾や鎧に爪のあとをつけていく。

「なんだ、急に強くなったぞ⁉」

盾の意味がないとわかると、少しでも攻撃しながら防げないかと辛《かろ》うじて剣で防いでいくが、その剣にも次々に傷がつけられていた。

「な、なんなんだ！」

皇帝直属の近衛騎士に支給されている強固な装備に傷がつくなどあり得ない。

ましてや使い物にならないほどの大きなダメージを目《ま》の当たりにして、アタルたちに恐《きょう》怖《ふ》心《しん》すら抱《いだ》いている。

「まだ先があるから、このへんで終わらせてもらおう」

アタルはハンドガンに氷の魔法弾を装填《そうてん》して、全騎士の足元の手前を狙って凍らせて一《いっ》斉《せい》に動きを封じていく。

「こんなものなど！」

中にはその程度の氷など容易に抜《ぬ》け出ることができる、と足に魔力を流して氷を破《は》壊《かい》する者もいた。

しかし、キャロたちにはその一瞬《いっしゅん》の隙で十分だった。

「せい！」

獣力を込めた攻撃、そこに魔力を乗せることで先ほどまでよりも威力《いりょく》をあげる。

「ぐあああ！」

その攻撃は騎士の剣を打ち砕《くだ》き、さらにもう一方からの攻撃によって鎧が破壊されて吹き飛んだ。

『アオオオオオン！』

バルキアスは速度を上げて騎士たちの間を駆《か》け抜けていく。

その動きは神速といってもいいくらい速く、残像すら見えていた。

「このっ！」

「なっ！」

「ど、どこだ！」

なんとか攻撃しようとしたり、受け止めようとしたり、ただ目で追おうとしたりする者など、対応は様々である。

彼《かれ》らも近衛騎士としてただやられるわけにはいかないというプライドがある。

『ガアア！』

しかし、そんなバルキアスを止められる者はおらず、体当たりで吹き飛ばし、爪で武器を破壊していく。

「さ、三人ともがこんなに強いなどということが！」

メイラズは、皇城の中に来るくらいだから、彼らが弱くないとは思っていた。

しかし、近衛騎士団が全員揃《そろ》っているからには負けることはないとも思っていた。

「こ、こんなことが……」

しかし、部下たちが次々に倒されている状況に、メイラズは茫然《ぼうぜん》としてしまう。

だが彼も近衛騎士団団長として腕《うで》を磨《みが》いてきた実力がある。

ゆえに、ショックを受けている中でもすぐに我を取り戻して周囲を確認《かくにん》していく。

「さっきの攻撃が、止まった？」

アタルの雨のような攻撃がピタリと止まっていることにメイラズが気づいた。

「よく気づいたが、もう遅い」

アタルはハンドガンをしまって、スナイパーライフルを構えている。

「な、なんだそれは！」

武器の種類が変わったため、どんなことをやってくるのかとメイラズは動揺《どうよう》してしまう。

先ほどまでのハンドガンでの攻撃にようやく慣れてきていた。

そのタイミングで別の攻撃方法に変化するのは、彼らにとって痛手である。

「防げるものなら防いでみるといい」

アタルは弾丸に銃気を乗せてメイラズへと回転力の強い弾丸――ジャイロバレットを撃った。

「そんな、ものなどおおお！」

メイラズもこの帝国における最大戦力である近衛騎士団団長という肩書《かたが》きと、そこに至れる実力に自信を持っている。

よって、逃《に》げることなどは決してしない。

「聖剣《せいけん》よ！　我《わ》が魔力をもって、全ての苦難を打ち砕け！」

メイラズが持つ剣は特別な力を持っている魔道具《まどうぐ》であり、込められた魔力を聖なる力へと変換《へんかん》する聖剣である。

「へえ、良い物を持っているじゃないか」

アタルは弾丸を撃ち落とそうとしている剣を見て、そんなことを呟いた。

（壊《こわ》してもいいと思っていたけど、あれはもったいない。なら、別の方法を……）

ジャイロバレットを連発するか、玄武の力を込めた弾丸で攻撃しようと思っていたが、それではせっかくの聖剣を破壊、もしくは傷つけてしまう。

だから、アタルは攻撃方法を変えることにする。

「闇《やみ》の魔法弾《だん》！」

これまでほとんど使ってこなかった、闇の魔力の込められた弾丸を連続で撃ちだしていく。

「闇の力まで使えるのか！」

ここまで、通常弾による遠隔《えんかく》物理攻撃、複数の魔法弾。

さらには回転数の多いジャイロバレットという攻撃パターンを見せてきた。

しかし、ここにきて聖剣を使うメイラズに対して反対属性による攻撃を選択《せんたく》していく。

メイラズにしても闇の力を使う敵を相手にするのは初めてで、剣に込める魔力を強くすることで対抗《たいこう》しようとする。

「悪くないじゃないか」

その対応はアタルが望んでいたものであり、次々に闇の魔法弾を放っていく。

「そんなもの、何度やっても効果はないぞ！」

「それはどうだろうな？　魔法発動」

同じ攻撃が続くことにメイラズが苛立《いらだ》ちを覚えた瞬間、闇の魔法を発動させる。

「くっ、視界を塞《ふさ》ぐとは卑怯《ひきょう》な！」

メイラズの前に闇のモヤを生み出して、周囲を見にくくする。

「魔法発動」

それを何度も続けることで、メイラズは完全に視界を遮《さえぎ》られた形となった。

「こんなものなど、動けば問題ない！　私のことが見えないのはそちらも同じだろう！」

闇のモヤはメイラズにまとわりついているわけではなく、場に滞留《たいりゅう》しているだけであるため、動くことで闇から逃《のが》れることができる。

この判断はアタルの魔法弾に対して有効な行動だった。

「そう簡単にはうまくはいかないぞ」

だが元々アタルにはメイラズの姿が丸見えである。

魔眼《まがん》を使っているため、メイラズの動きを完全にとらえることができていた。

「さあな、そっちのはこれだ」

闇から抜けようとする動きに合わせて、爆発の魔法弾を発動させる。

「ぐはっ！」

メイラズはその勢いで吹き飛ばされてしまう。

さらに、アタルはそこにピンポイントの攻撃を加えていく。

（さあ、それをこちらにもらおうか）

狙いはメイラズの右手。

使うのは通常弾。

彼の防御力《ぼうぎょりょく》は鎧がない場所でもそれなりに高い。

それは肉体が鍛《きた》えられ、更《さら》には魔力を肉体強化にも使っているためである。

それでも、ダイレクトに弾丸が手に命中すれば痛みがあるはず。

「それ、命中だ」

「……ぐッ！」

手の甲《こう》、手首、指——そして最後に威力を抑《おさ》えた火の魔法弾が手全体を燃やす。

「あっつッ！」

何発もの痛みに続いて、手を燃やされてしまっては剣を持っていることができず、思わず手放してしまう。

「バル！」

『はーい！』

アタルが名を呼び、バルキアスが返事をする。

一言ずつのやりとりだったが、バルキアスはアタルの意図を理解して、素早い動きでメイラズが落とした剣をくわえてアタルのもとへと運んでいく。

「バル、ナイスだ。これはなかなかいいものだからコウタにあげよう」

取ってこいができた犬をほめるように、アタルはバルキアスの頭を撫《な》でまわす。

勇者として聖なる力を使いこなせるコウタならば、聖剣の性能を思う存分引き出すことができるはずだ、というのがアタルの判断だった。

「ぐ、ぐぐぅ、か、返せ……！」

深いやけどを負った右手を押さえながらメイラズが剣の返却《へんきゃく》を要求してくる。

「悪いがこれはもっと使いこなせるやつにやるつもりだから、返すことはできない」

「な、なんだと！」

淡々《たんたん》と言うアタルに激高しようとするメイラズだったが、アタルはそれを遮るように言葉を続けていく。

「そもそも俺たちは敵同士だ。どうしてあんたから奪《うば》った武器を返す必要がある？　あんたたちが勝ったって、キャロの剣を奪うかもしれないし、そもそも『はい、そうですか』で返した瞬間に反撃《はんげき》を食《く》らうのはごめんだ」

勝者が戦利品として相手が持つアイテムや武器などを持っていくのは、割と当たり前のことだ。

それにその瞬間に反撃を食らうかもしれないとわかっていて素直《すなお》に渡《わた》す方がおかしい。

「そ、それは……」

そこを突かれてしまったメイラズは言葉が出なくなっていた。

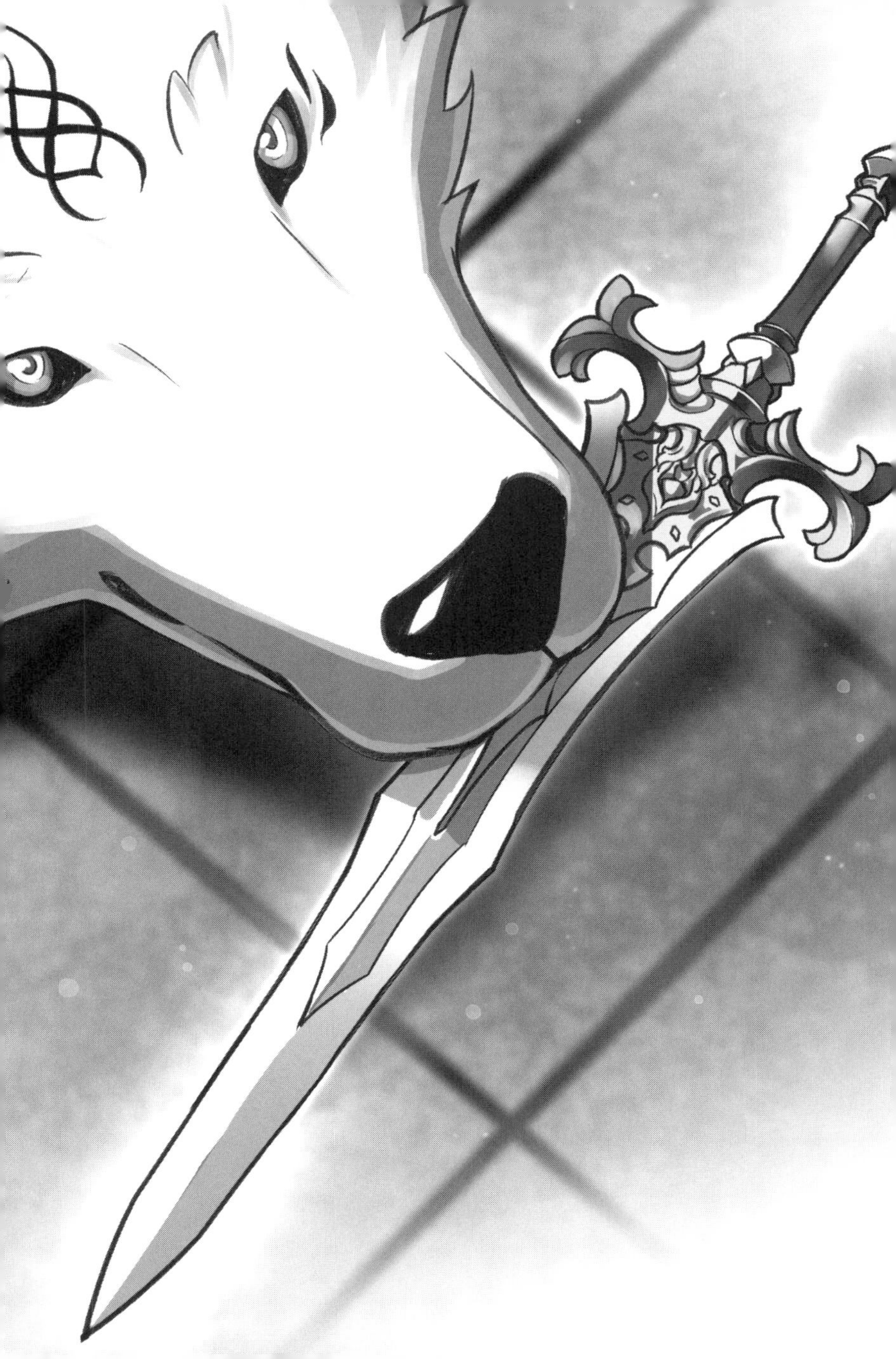

「というわけで、これを返して欲《ほ》しければ俺たちを倒《たお》すことだな。といっても、もう勝敗はほぼ決しているか」

アタルが両手を開いてメイラズに状況を見ろとアピールする。

「いったいなにがあると……なっ、こ、これは……」

メイラズの周囲の闇が晴れて辺りを見回していくと、そこには、ぐったりと倒れている近衛騎士団の面々の姿があった。

「残ったのはあんた一人、聖剣は手元にない。さて、どうする？」

「あの、降参されたほうが良いと思いますが……」

アタルの言葉に続くように、そっと顔を出したキャロが選択肢《せんたくし》を出していく。

「……仲間が殺されたにもかかわらず、誇り高き近衛騎士団の団長である私がおめおめと敗北を認めるわけにはいかん！」

メイラズは予備のために持っていたショートソードを取り出して構える。

最後の最後まで一人で戦い抜くという強い信念が感じられた。

「あ、あの、訂正《ていせい》させてもらっても……よろしいでしょうか？」

悲壮《ひそう》な決意を秘《ひ》めたメイラズに対して、キャロは言いづらそうにおずおずと手を挙げる。

「……なんだ？」

あまりにも申し訳なさそうな表情のキャロに、メイラズは訝しげな顔をしながらも発言を許すことにする。

「あちらの倒れているみなさんですが……全員生きてらっしゃいますよ？」

「なんだって⁉」

キャロの言葉にメイラズは驚《おどろ》き、アタルたちにかまうことなく、慌《あわ》てて近くに倒れている一人へと駆け寄った。

「ほ、本当だ……」

近くにいた近衛騎士《きし》は全身に怪我《けが》を負い、装備はボロボロになっているが気絶しているだけでしっかりと息をしており、ちゃんと生存が確認できる。

「だから、そいつらの仇《あだ》がどうだとか意地を張る必要はない。それよりも早いところこいつらを運んで怪我の治療《ちりょう》をしてやったほうがいいんじゃないか？　すぐ死ぬとかはないと思うが、それでも治療は早いほうがいい」

自分たちが怪我を負わせたわけだが、それでもアタルはメイラズに敗北を認める理由を与えていた。

「くっ、私だけ動けるなんて……」

自分だけが見逃《みのが》されている状況に苛立ちと悔《くや》しさと悲しみを覚えるメイラズだったが、

すぐに首を横に振《ふ》る。

「――近衛騎士としてあるまじき行為《こうい》かもしれんが、私にとって仲間である彼らの命は替《か》えがたいもの。申し訳ないがこの場は敗北を認めるがゆえ、見逃していただけるとありがたい」

生殺与奪《せいさつよだつ》の権利はアタルたちにあると思い知らされたメイラズは、悔しさをかみ殺して深々と頭下げると、アタルに許可を求めた。

「あぁ、構わない。さっさとこいつらを連れていけばいいさ……そうそう、この先どっちに進めばいいかだけ教えてくれないか？」

「それを私に聞くのか……？」

顔をしかめたメイラズはさすがに情報を流すのはという心の抵抗《ていこう》が浮かんできたため、こんな言葉を返してしまう。

「あー、せっかく全員殺さずに場を収めたっていうのになあ？　しかも、治療すれば比較《ひかく》的《てき》すぐに回復する程度の怪我なんだけどなあ」

などと、アタルはわざとらしいまでに恩着せがましく語る。

その表情はいたずらを楽しんでいる子どものようでもある。

しばらく葛藤《かっとう》していたメイラズだが、仲間のことも考えると悠長《ゆうちょう》にしていられないかと大きく息を吐《は》くと言いにくそうに口を開いた。

「はあ……わかった。私たちが入って来たあちら側の扉《とびら》を抜けると、左右に通路がわかれている。左に行くと近衛騎士団の待機部屋だ。反対の右は道なりに進めば皇帝《こうてい》陛下がいらっしゃる部屋がある。ただし、最近は我々も陛下の部屋へは行っていないので、なにがあるかはわからん。なにやら怪《あや》しい者の出入りがあるという噂《うわさ》もチラホラ聞くのでな……」

最後の一言は言わなくてもいいものであったが、それでも部下たちを生かしておいてくれた感謝の気持ちとして付け加えていた。

「助かった、ありがとう」

そんなメイラズの気持ちを理解しているため、ふっと表情を和《やわ》らげたアタルは感謝の言葉を投げかける。

これに対する返事は背を向けて右手をあげるだけだったが、メイラズは心の中でこの国を良い方向に変えてくれるのは彼らなのかもしれないなと思っていた。

「さて、それじゃあ行くとするか。その前に」

アタルは改めてキャロとバルキアスに振り返って話をする。

「さっきの言葉を解釈《かいしゃく》すると、あの最初に感じた気配も込《こ》みで、この先にはなにかあるかもしれない」

「その、怪しい出入りをしている人たちがいるんでしょうかっ？」

キャロの問いかけにアタルは軽く頷《うなず》いた。

「恐らくはそうだろうな。キャロたちもわかっていると思うが、ここに来てからさらにおかしな力を感じるようになった」

『なんか気持ち悪い感じだよ！』

ざわざわと背筋に気持ち悪いものが走ったのか、バルキアスも同じものを感じており、嫌《いや》な顔をしながら扉を睨んでいる。

「あっち、ですよねっ」

キャロも神妙《しんみょう》な面持《おもも》ちで同じく扉を見つめていた。

「……とりあえず行ってみるとしよう。近衛騎士団《きしだん》との戦いでは力を少し温存できたから、次の戦いでも落ち着いてやれるな？」

「はいっ！」

『だいじょーぶ！』

それは強がりからではなく、二人とも先ほどの戦いでは本気を出しておらず、全く疲労《ひろう》を感じていない。

魔力《まりょく》も気力も体力も、秘めている力にも余裕《よゆう》があるため、笑顔《えがお》で返す。

「いい返事だ。さ、行こう」

近衛騎士団の待機部屋がどれほどのものなのか、少々の興味はあったが優先すべきは帝《てい》国《こく》をなんとかすることであるため、右の通路を進んでいくことにした。

カツカツとアタルたちの足音だけが響《ひび》く静かな廊下《ろうか》が続く。

壁《かべ》には魔道具が埋《う》め込まれていて、それが灯《あか》りとして廊下を照らしていたが、まだ昼間だというのにどことなく薄暗《うすぐら》さとよどんだ空気を感じさせている。

閉塞《へいそく》的な通路を抜けると、外が見える渡り廊下へと到着《とうちゃく》する。

「――この先だな」

アタルはポツリと言う。その視線の先にある建物からは明らかに禍々《まがまが》しい力が感じ取れていた。

キャロとバルキアスは口を開かずにただ頷くだけである。

それほどに、なにもなければ近寄りたくないと思わせられる嫌な感じを受けていた。

日が昇《のぼ》りきった外は晴れていて、陽の光が優《やさ》しく廊下に差し込んでいるが、その暖かさをかき消すような肌寒《はださむ》さによってバルキアスはぶるると震《ふる》えてしまう。

「どうにもこの帝国には深い闇がありそうだな」

地球でどこかの国を指してこんなことを言えば、陰謀《いんぼう》論だなどと言われそうだが、視線の先にある建物を見れば多くの者がそう言いたくなるほどの違和感《いわかん》があった。

「行こう」

扉の前にまで到着すると、アタルはそれをゆっくりと開いていく。

重々しい音とともに開かれた扉の先は、謁見《えっけん》の間のようであった。

「ふむ、来たか」

重厚《じゅうこう》な赤いカーペットがまっすぐ奥《おく》へと敷《し》かれており、その先には立派な玉座がある。

そして、そこに座《すわ》っているのが先ほど姿を見せたイグダル皇帝その人である。

アタルたちが来たことに対して、特段なにか思いがあるわけでもないのか、先ほどと同じ感情のない瞳で三人のことを見ていた。

「……お前がこの国の皇帝か？」

わかってはいたが、これまで会ってきた王と呼ばれる人と明らかに違《ちが》う雰囲気《ふんいき》をまとう相手に、アタルは訝《いぶか》しげな表情で問いかける。

「あぁ、私が皇帝イグダルだ。貴様らは何者で、何の目的で来た？　誰《だれ》の指図だ？」

少しかすれたような低く響く声音は気だるげだった。

視界に入れたアタルたちがレジスタンスとは違う空気を纏《まと》っている、と直感的に皇帝は感じ取っていたようで、よどんだ瞳でじっと見ている。

「俺の名前はアタル。こっちは仲間のキャロとバルキアス。冒険者《ぼうけんしゃ》をやっていて各国を巡《めぐ》り歩いている」

それに対してアタルは正直に自己紹介《しょうかい》をしていく。

名乗ってくれた相手ならば、自分も正しく名乗るべきだろうと考えている。

「ふむ、してなぜここにやってきた？」

近衛騎士団を倒してここに来るとなれば、恐《おそ》らく目的は一つだとわかっていたが、それでもあえて質問を投げかける。

「それはもちろんあんたを倒して帝国を救うためだ……と言いたいところだが、城に近づくにつれて少々考えは変わっている」

「ほう？」

ここへきてイグダルの目に初めて感情が灯《とも》った――ように見えた。

「さっき各国を巡っていると話したが、どうにもこの国はおかしい。土地が痩《や》せているというか、まるで疲《つか》れ果てているみたいだ。雨が降らないとか日照不足だとかそういうわけでもなく、大地が生きていないと言った方がいいか……」

イグダルのアタルを見る目に、怒《いか》りが含まれていくのをアタルは感じた。

「その理由は明確にはまだわかっていないが、お前……なにかやっているだろ？」

この城に来てからずっと禍々しい力を感じており、土地が疲弊《ひへい》している理由がイグダルにあるのではないかというのがアタルの予想だった。

「…………くっくっく、なかなか鋭《するど》い指摘《してき》だな。今までそんな結論に至った者はいなかったぞ。だがそれが危険な考えであることには変わりない」

しばらくにらみ合う状況が続いたかに見えたが、イグダルが肩《かた》を揺《ゆ》らして笑うとスーッと再びその目から感情が消えていく。

そしてイグダルが軽く右手をあげると、玉座の後ろから三人の騎士がゆっくりと姿を現した。

「黒騎士に近衛騎士の白に続いて、今度は赤騎士か？」

アタルが言うように、その三人が身に着けている鎧《よろい》は一様に赤黒い色をしていた。

『うう、あれ臭《くさ》いよ！』

その鎧を見た瞬間《しゅんかん》、バルキアスは嫌な表情になる。

「アタル様っ、あの鎧の色、多分……」

キャロもその鎧の違和感に表情を歪《ゆが》めていた。

「なるほど、ただの赤じゃなく、返り血の色ってやつか……悪趣味《あくしゅみ》だな。気色の悪い奴《やつ》らはさっさと倒させてもらおう」

アタルは素早くハンドガンを構えると、早打ちのごとく弾丸《だんがん》を額に向けて撃《う》ちだす。

しかし、弾丸が届くよりも早く三人は動いていた。

「速いな！」

先ほど戦った近衛騎士など比にならないほどの素早い動きで三騎士は距離を詰めてくる。

「させませんっ！」

キャロがそのうちの一人に一撃《いちげき》を加えるが、赤騎士は剣《けん》でキャロの攻撃《こうげき》を楽々と受け止めていた。

『あおおおおん！』

バルキアスも雄叫《おたけ》びとともに爪で切り裂こうとするが、それも剣によって防がれた。

「二人の攻撃を止めた、だと？」

軽々と受けたのを見てアタルは驚いていた。

通常の騎士であれば、いくら上位に存在していても、これまでたくさんの戦闘《せんとう》経験を積んで強くなったキャロの攻撃をあっさりと止めるなどというのは難しいはずである。

「お前たち、ただの人間じゃないな？」

だからこそ、この結論になる。

「ほう、よく気づいたな」

玉座から動かずに戦いを見ていたイグダルがアタルの判断に感心する。

「……魔族《まぞく》か」

自分でそう言いながらも、アタルは半信半疑でいた。

これまでに多くの国を旅してきたが、魔族に出会ったのはラーギルだけである。

魔族は元来自分たちの住んでいる大陸から出てくることがほとんどないと言われている。

しかし、ここにきて三人もの魔族と出会うことになるとは思ってもみないことだった。

「そこまで言い当てるとは、貴様らただの冒険者ではあるまい？」

魔族がこの世界にいるというのを知っていても、魔族が目の前にいると思うような人間はほとんどいない。

その中で、情報がほとんど与えられていないにもかかわらず、魔族であることをアタルは見抜《みぬ》いている。

この事実は、アタルに対する警戒心をより高めさせていた。

「俺がただの冒険者なのは本当だ。ただ、少し色々顔が広いだけだ」

アタルは最後の一人に爆発の魔法弾を何発も撃ちこみながら、イグダルの問いに答える。

なんとか接近させることは避《さ》けられていたが、どうにも戦いづらい。

（この部屋はさっきの場所より狭《せま》いな）

近衛騎士団との戦いは修練場と思《おぼ》しきかなり広い体育館くらいのスペースでやっていたため、自由に距離をとって戦うことができていた。

しかも、銃《じゅう》という初見の攻撃に対応しきれなかった彼らとはことなり、赤鎧の三魔族は最初から的確に対処してきている。

「やあああ！」

キャロはいつもどおりの戦いをできてはいるものの、やはり部屋の狭さが彼女《かのじょ》のステップワークを阻害《そがい》していた。

『ガウ！』

バルキアスに至っては、素早《すばや》さで相手をかく乱することはかなわず、真正面からやりあうことになっている。

「フレイムボール」

「ウインドスラスト」

「ウォーターランス」

しかも、三魔族は魔法《まほう》を駆使してきた。

それをアタルが弾丸で相殺《そうさい》していく。

しかし、接近戦では剣を使って、離《はな》れれば魔法を使うため、適正距離を測るのが難しく、戦いにくさがある。

（こいつらの動き、思っていた以上に速い……それに、こっちの動きが徐々に悪くなっているような気がするな）

俯瞰《ふかん》で見ているからこそわかることだが、アタルの目にはキャロたちの動きが鈍《にぶ》ってきているのが映っていた。

仮にこの三魔族をなんとかしたとしても、さらにそれらを上回る力を持っているであろうイグダルが待ち受けている。

（状況《じょうきょう》はなかなか厳しいな……）

第四話　地下へと向かって

「くっ、これはなかなか大変ですっ」

三人とも神の力を一部使って戦ってはいたが、これから先まだ強力な敵との戦いがあることを考えると、ここで全ての力を出し切って戦うのは難しい。

加えて神の力も魔力も獣力も、どれもが制限されているように感じていた。

(これはおかしいな)

しかし、アタルはこの状況下でも冷静に考えを巡らせていた。

どうにも本来の力を発揮しきれていないのは、この場所が狭いからだけではないことはアタルも感じていた。

しかし、その理由が見つからない。

(どこだ？)

戦いながら魔眼で部屋の中を見回していくが、どうにも決定打がない。

(いや、これは部屋全体が魔法陣《まほうじん》の役目を果たしているのか……？)

細かい魔力の流れは確認できていた。

しかしそれが魔法陣を形作っているというのは、大きすぎてここに来るまでわからなかった。

次の瞬間、アタルは顔を上げて天井《てんじょう》を見る。

「――なんだ？」

それを見ていたイグダルはアタルの突然《とつぜん》の行動に怪訝《けげん》な表情になっていた。

先ほどの修練場に比べたら低いが、それなりに高さのある天井にはなにもない。

「……全て、ぶち抜け」

その声は決して大きいものではない。

しかし、伝えたい相手には確実に届いていた。

『承知した』

その返事は遥《はる》か上空で発せられる。

ちょうどイフリアたちはアタルたちがいる皇城に向かって飛んでいるところだった。

「……えっ？　どういうこと？」

「イフリア殿《どの》、なにをさっきからぶつぶつ言っているのだ？」

契約《けいやく》しているアタルとイフリアにしか聞こえていないやりとりであるため、リリアとサエモンは突然話し出したイフリアに首を傾《かし》げながら質問していた。

そんな二人に構うことなく、アタルの頼《たの》みをかなえるべく、イフリアは上空で魔力を練ってブレスを放つ準備に入る。

「ちょ、ちょっと、待って、なんで、どうして！」

「こんな場所でブレスを撃つとは、どういうことだ！」

疑問が更に高まっていくが、お構いなしで巨大《きょだい》なブレスが吐き出される。

狙《ねら》う先はアタルたちがいる皇城内の謁見の間がある建物。

アタルたちがいても、他の誰がいようとも関係なく、とにかくアタルの指示どおりに遠《えん》慮《りょ》のないブレスは完全に建物めがけてすべてを飲《の》み込まんばかりに撃ち抜いていく。

このブレスに対して、アタル、キャロ、バルキアスの三人は素早く部屋の入り口へと移動して直撃《ちょくげき》しないように回避《かいひ》していた。

「二人がすぐに気づいてくれてよかった」

アタルの声が聞こえた瞬間、キャロはバルキアスの背中に飛び乗って移動していた。

「イフリアさんが上空に来ていたのはわかっていましたからっ！」

キャロはアタルの声を聞いた瞬間に、イフリアの存在にも気づいて、すぐに状況を把握《はあく》していた。

『僕《ぼく》は気づかなかったから、キャロ様が言ってくれなかったら危なかったあ』

バルキアスはキャロに言われるままに走り抜けたが、今も部屋に撃ち込まれているイフリアの巨大なブレスを見て冷《ひ》や汗《あせ》をかいている。

「なんにせよ、これで問題の一つは解決されたはずだ」

アタルたちが本気を出せず、魔族たちが強化されていた理由は部屋全体で構成されていた特殊《とくしゅ》な魔法陣のせいだった。

それはイフリアのブレスによって完全に吹《ふ》き飛ばされていて効果をなせなくなっている。

「それに、あいつらもダメージを受けているようだ」

ブレスが消えていき、砂煙《すなけむり》が少しずつ晴れると、部屋がどんな状況にあるのかが徐々《じょじょ》に見えてくる。

そこにはなんとか立っているものの、かなり傷ついている三魔族の姿があった。

すぐさま攻撃に移れないほどのダメージを負っており、様子をうかがっている。

玉座にはなにやら特別な防御《ぼうぎょ》機構があるらしく、ドーム状の何かに守られたイグダルは無傷のまま先ほどまでと同じように悠々《ゆうゆう》と座り続けている。

「さて、これで状況が大きく変わっているわけだが、まだ先がある」

アタルが指さしたのは皇帝でも三魔族でもなく、部屋の床《ゆか》だった。

ブレスの直撃を受けた床はヒビが入っているものの崩壊《ほうかい》はしておらず、まだ床としての体《てい》をなんとか保っている。

「頑丈《がんじょう》な床なのは結構だが――下が、あるよな？」

この部屋の下には地下がある。

それは先ほど部屋になにかないかと探《さぐ》った際に見つけたものだった。

「…………」

しかし、イグダルはなにも言わない。

物言わない姿勢が、地下があると暗に語っていたものの、イグダルには自信があった。

（先ほどの攻撃でも破壊《はかい》できない床を、あいつの攻撃でなんとかできるはずがない）

「悪いが、俺の攻撃はなかなか強力だぞ？」

そんなイグダルの心中を読みったのか、不敵に笑いながらアタルはそう言い、ライフルの銃口《じゅうこう》を床に向けている。

「いけ」

放った弾丸は爆発《ばくはつ》の魔法弾。

それをイグダルの座っている前のエリア四隅《よすみ》に撃ち込む。

ただそれだけでは効果は特になく、銃弾《じゅうだん》が楔《くさび》のように床に埋まっているだけだ。

「ふむ、やはりな。無駄《むだ》なことはやめるといい」

イグダルはなにも変化がないことに安堵《あんど》しつつも、これ以上アタルがなにかすることに危険を感じ取ったため、止めるような言葉を投げた。

「もう一発、試《ため》させてくれよ」

遠慮するなといわんばかりにふっと笑いながらアタルは引き金を引く。

今度の弾丸は、先ほどと同じ爆発の魔法弾。

ただし、玄武《げんぶ》の力を込めた爆発の魔法弾（玄《げん》）であった。

「魔法、発動」

そして、床の中央に弾丸が命中したと同時に全ての魔法弾が発動する。

床に突《つ》き刺《さ》さったまま爆発した弾丸は、爆発とともに床に大きな亀裂《きれつ》を入れる。

「なっ！」

中央の弾丸が最後に大きな穴を作り出し、そこから全ての亀裂が繋《つな》がってそのまま落下し完全に床がなくなった。

そこに現れたのはアタルたちがここにきて感じた気配が濃縮《のうしゅく》したような魔力のうねり。

床の瓦礫《がれき》が飲み込まれると同時に引きずり込まれるようにしてイグダルは玉座ごと、そして魔族たちも一緒《いっしょ》に落下していく。

「俺たちも行こう」

「は、はいっ」

『うぅ、なんか嫌な感じだなあ』

アタルが飛び降りるとキャロとバルキアスも続くが、二人とも地下からおかしな気配を感じ取って少し身構えていた。

そのまま落下して魔力の渦《うず》を越《こ》えた先で降り立った地下は、嫌な気配が常に立ち込めて薄暗く、空気が重く、そしてとにかく広大な空間だった。

濃縮した異様な気配がすぐそばにあるような感覚を受けるこの場所は遠くの方は妖《あや》しげな黒紫《むらさき》の靄《もや》に覆《おお》われて見通せない。

きれいに着地できたアタルたちとは裏腹に、イグダルたちは急に落とされたため、少し離れたところでうずくまっている。

「なるほど、ここがこの国の問題の中心地っていうことか」

ぐるりとあたりを見渡《みわた》したアタルは苛立ったような表情でそう吐き捨てる。

「ア、アタル様っ、こ、ここはいったい……」

『うぅ、すごく嫌な力がたくさんあるよ』

耳を少し垂らしたキャロは違和感を覚えつつも、その原因がわからず困惑《こんわく》していた。

バルキアスは先ほど感じていた嫌な感じが強くなっていることで姿勢を低くして唸《うな》りながら表情が歪んでいる。

「全く荒唐無稽《こうとうむけい》なやつらよ。よもやここまで気がついていたとは思わなかったぞ」

再び怒りの眼差《まなざ》しをアタルたちに向けながらイグダルは服についたほこりを払《はら》い、ゆっくりと立ち上がった。

「まあ、これくらいは気づくだろ」

神の力を持ち、魔眼を持つアタルは、強い力を込めることで空気中の魔力の流れなどを見ることもできるようになっている。

上の部屋自体が魔法陣になっていることに気づいたのも、魔眼の力のおかげであった。

それが壊《こわ》れてもなお、自分たちの力が徐々に床に吸《す》い込まれているのを見抜いたことで、地下空間の存在にも気づくことができていた。

「このとんでもなく広い空間、恐らくは国全体に広がっているんだろ？」

「はっ、そこまでわかっているのか」

そこまで指摘されたことで、イグダルはニヤリと笑い、目にはギラギラとした強い感情が灯り始めている。

「このままなにもなければ、我《わ》が悲願も容易に達成できたというのに……」

そう吐き捨てるとイグダルは、アタルたちをここまで侵入《しんにゅう》させてしまったことに対して苛立《いらだ》ちも覚えている。

「帝国に足を踏《ふ》み入れた時点で、どうにもおかしいと思っていたんだ。すごく強いわけじゃなく、少し、ほんの少しだけ力が抜《ぬ》けているような感じがあった。魔吸砂《まきゅうさ》の感覚に似ていたが、それとはまた違う感じだった」

直接それが不調に繋がるわけではなかったが、微量《びりょう》な変化をアタルは感じていた。

「俺や仲間たちはもともとの力が強いから、少し力が抜けたところで大きな影響《えいきょう》はなかったんだろうな。だが、このあたり一帯の大地や植物は大きく影響を受けていた」

「えっ……！　と、ということは、国中のありとあらゆるものが力を抜かれているということですかっ？」

まさかのことにキャロは目を丸くしてしまっている。

ただ環境《かんきょう》の問題だと思っており、原因があるとは思っていなかった。

「そういうことだな。一般《いっぱん》住民からも知らず知らずのうちに気力を奪って、反乱できないようにもできるのは一石二鳥にも三鳥にもなってそうだ。考えてみればおかしいよな。これだけ広大な土地があって、砂漠《さばく》地帯というわけでもないのに大きな森も林もなければ、湖や池なんかも涸渇《こかつ》しているようだ」

これは昨晩コウタに見せてもらった地図から読み取ったものである。

辛《かろ》うじて木々が生えていた職人村のあたりも森というレベルではない。

「だから、なにか原因があるんじゃないかと思っていた。そして、一番怪しいのが圧政を布《し》いている皇帝だってな」

「で、やはり大事な物ほど力がある者に守らせたいよな?」

コウタも同様のことを常日頃《つねひごろ》から感じていたため、その疑問をアタルにだけ話していた。

そうしてアタルが指さしたのは、三人の魔族である。

「まさか魔族がこんな場所にいるとは思わなかったが……そいつらを見て、より一層ここが重要だってわかったよ」

アタルは更にその魔族の後方を指さす。

「ははっ——お前ら、姿を見せよ」

イグダルが命令すると、床が妖しげな光を放つと同時に次々と魔族が姿を現していく。

「さすがにこんなにいるとは思わなかったな」

その数はざっと見ただけでも三百以上はいる。

「くっ」

キャロは武器を構えて、いつ魔族たちが動いても対応できる姿勢をとっている。

『ううううっ』

嫌な気配に囲まれてバルキアスも低く唸りながら魔族たちを睨《にら》みつけていた。

「これだけいると実力もまちまちみたいだな……」

全てが最初の三人と同クラスというわけでなく、強い者もいれば弱い者もいる。

それは内包している魔力から判断できた。

「そろそろ戦いの始まりというところだろうが、その前にもう一つだけ聞かせてほしい」

「なんだ？」

ここまで暴《あば》かれたのは初めてだったため、イグダルは素直にアタルの質問に耳を傾《かたむ》ける。

「お前たちはラーギルの仲間なのか？」

彼《かれ》が唯一《ゆいいつ》知る魔族の名前を挙げて、彼と同じ目的で動いているのかと質問した。

これまで見てきたラーギルの勢力は本人と宝石竜《りゅう》と邪神《じゃしん》の欠片《かけら》くらいである。

邪神側の神々と繋がりがあるかもしれないが、そちらはまだ明確にはなっていない。

だが、魔族たちと繋がっているとなれば、彼らの国を相手にしなければならないかもしれないという可能性があった。

「はっ、あのような小物と我が仲間だと？」

イグダルが鼻で笑うと、他の魔族たちも面白《おもしろ》おかしいものを見聞きしたように笑い出す。

「ハハッ、あんな弱虫と仲間と思われるとはな」

「もしかして、あいつ程度でも人間からすると怖《こわ》いのか？」

「フン、学者だとか言っていたが、所詮《しょせん》戦う力のない雑魚《ざこ》だからな」

どの魔族たちもラーギルのことを見下しているのが伝わってくる。

「……アタル様っ？」

どうにも自分たちが知るラーギルと異なる印象であるため、キャロはどういうことなのかと困惑したようにアタルの名前を呼ぶ。

「――もしかしたらあいつらは知らないのかもしれないな」

彼らが知っているのは魔族の国にいた頃《ころ》のラーギルのようだ。

外に飛び出してきてから力をつけたラーギルのことはわからないのだろう。

しかし雑魚とは言われているが名前だけは知られているようで、自分たちの知っているラーギルとのギャップにアタルたちは少し戸惑《とまど》いを覚えた。

「あれが邪神とやらを解放して力を得ようとしているのは我々も知っている。だが、すでに一度敗北した存在に頼《たよ》ろうというのが、あれの弱いところなのだ」

そう言ってイグダルはラーギルのことをあざ笑う。

そして、自身は別の方法で力を得ようとしている、と暗に語っていた。

「ん、待てよ。そう言うってことはあんたも魔族なのか？」

外見は人間の特徴《とくちょう》を持っているため、イグダルはてっきり人間だと思っていた。

これまでに遭遇《そうぐう》した帝国の人も人族ばかりであったため、その認識《にんしき》でいた。

魔族といるのは協力関係にあるからだ、と。

しかし、イグダルはラーギルのことを知っており、彼の目的も知っている。

つまり、イグダル自身も魔族なのだということを言外に語っていた。

「うん？　今頃《いまごろ》気づいたのか、私は元々魔族だ」

そう言って顔に手を当てると、皇帝の人としての皮が剥《は》がれて、額には小さな角が二本生えていく。

皮膚《ひふ》の色は人と同色だったが、その特徴から魔族であることがわかる。

生気が感じられない顔立ちだと思ったのは魔族寄りの生来のものだったのだ。

「だが、人間というのは実にあわれな生き物だな。私が皇帝の地位についてから、かなりの時が流れているというのに、魔族であることに気づいたのは貴様が初めてだぞ。長年魔族に苦しめられているとも気づかずに馬鹿なやつらだ。はっはっは！」

正体を見破られて笑うイグダルの言葉に続いて、魔族たちも笑い出す。

（だからこの国は人に厳しい、辛《つら》い国になっていたのか……もしかしたら、各主要機関に

も魔族が入り込んでいるのかもしれないな）

魔族はあまり自国から出ないという先入観から街ではアタルも魔眼《まがん》を使っていなかった。

そのため、これまでいたとしても把握することができていない。

「……普段《ふだん》からずっと力を使っていたら、もっと早く魔族のことがわかっていたのかもしれないいな」

魔眼を使うと力の消耗《しょうもう》があるため、通常時に魔眼を使うことはほとんどない。

そのせいで見落とすものもあると、アタルはこれを反省としていた。

「しかし、ただ皇帝というのも捻《ひね》りがないな……私は魔族の皇帝、魔皇帝《まこうてい》とでも名乗るとしようじゃないか！」

人間の皇帝とは格が違うとでも言いたいような様子で、魔皇帝イグダルは仰々《ぎょうぎょう》しく宣言する。

「魔皇帝、か。確かにボスっぽい肩書《かたが》きになったな。ま、ボスというのは最後にはやられるというのもあるが……」

アタルは思ったことをただ口にした。

相手がどれだけ強大な存在だろうと、最後に勝つのは自分たちだと信じている。

キャロたちもアタルと一緒ならば大丈夫《だいじょうぶ》だと戦いに備えて凛々《りり》しい顔立ちになっている。

「ふん、それではその自信満々な力を見せてもらおうか」

マントを翻《ひるがえ》したイグダルが手を挙げて魔族たちに指示を出し、一斉《いっせい》に襲《おそ》いかかれと、その手が前に下りた。

第五話　アタルたち　対　魔族たち

大量の魔族が一斉にアタルたち三人に向かって襲い掛《か》かってくる。

「やあああ！」

『ガウガウ！』

すぐ近くにいた魔族たちはどうやら実力が低いらしく、キャロとバルキアスの連携攻撃《れんけいこうげき》によってあっさりと倒《たお》されていく。

一方のアタルはハンドガンをチョイスする。

まずは強通常弾《だん》を装填《そうてん》し、少しでも敵を減らそうと、次々に弾丸を放っていく。

「これでどうだ？」

様子見だが、近衛騎士《きし》たちのような手加減は不要だと、強めの弾丸を選択《せんたく》していく。

「ぐぎゃ！」

「ふっ、効かん」

「つっ！」

一発で頭を打ち抜かれた者、命中しても極小《ごく》さな傷ができる程度の者、痛みを感じる者など実力にはばらつきがあるのが確認《かくにん》できた。

「なるほど、奥にたどり着くことでやっと実力者と戦えるのか」

アタルは戦力分析《ぶんせき》で、およそ魔族たちは位置によって序列が上がっていくと判断する。

「ふん、多少は戦えるようだが、三人でいつまで持つやら……」

新たに生み出した玉座に悠々と腰《こし》かけたイグダルが鼻を鳴らしながら戦いを見ていると、ちょうど上から声が聞こえてきた。

「わあああああああああ！」

それはリリアのものだった。

かなり高い位置にいたはずのイフリアの背中から強引《ごういん》に飛び降りた彼女は、思っていた以上に着地までが長かったため、風圧に姿勢を大きく崩《くず》されて、叫《さけ》び声をあげてしまっている。

「はあ、さすがにそんな上から飛び降りたらそうもなるだろ。ほら」

リリアの無鉄砲《むてっぽう》ぶりに呆《あき》れたアタルは彼女に向かって風の魔法弾《まほうだん》を一発撃ちだす。

「わ、わわわ、おっとっと、ありがっと！」

ふわっとリリアを浮《う》かせる風が発動したことによって、彼女は周囲を見る余裕《よゆう》ができて体勢を立て直しながら上空から敵の集団を確認した。

「それじゃ、そっちの人たちから挨拶《あいさつ》をしようかな！」

戦いの気配を感じ取ったリリアは集まっている魔族たちのひと塊《かたまり》を見て、そこに狙いをつける。

「ドラゴンスパイク！」

アタルのアシストを利用して空中を蹴《け》ったリリアはそのままの勢いで地面に向かって、槍《やり》を構えて竜力をまといながら飛び込《こ》んだ。

槍が地面に衝突《しょうとつ》した瞬間、竜力が爆発して周囲の魔族たちを吹き飛ばす。

それは台風のように敵をなぎ倒していく。

「あはは、どうだー！」

どうしてこうなっているのか状況がいまいちつかめていない様子だが、とにかくアタルたちに敵対している相手を何人も吹き飛ばしたことでリリアはドヤ顔になっている。

「リリアさん、さすがですっ！」

そんな彼女のことをキャロは戦いながらも笑顔《えがお》で賞賛していく。

「でしょ！」

それに気を良くしたリリアは、更《さら》に勢いを増して周囲の魔族たちを槍で突き刺していた。

突然現れるという衝撃的《しょうげきてき》な登場からの神速の突きに倒れていく同胞《どうほう》を見て、他の魔族たちは気圧《けお》されている。

（落下はとんでもなかったが、リリアのペースに持ち込んでいけたな）

やれやれと思いつつも場を掌握《しょうあく》したことをアタルも評価しており、あそこから一気に崩せるかもしれないとリリアを援護《えんご》するようにアタルも攻撃していく。

「いきなり飛び降りていったのには驚《おど》いたが、どうしてなかなかやるじゃないか」

そんな風に呟きながらリリアの戦いぶりを見ているのは颯爽《さっそう》と後から降りて来たサエモンだった。

『派手な戦い方だが、悪くないな』

サエモンと一緒にやってきたイフリアは柔《やわ》らかく目を細めてリリアを見ている。

二人ともリリアの戦いぶりを高く評価しているようだ。

「おっと！」

『わっ！』

そんな二人の足元に弾丸が撃ち込まれる。

「お前たちも来たなら戦え！」

見物客であるかのように、戦いの解説をしている二人のケツをアタルが叩《たた》く。

「わ、わかっているぞ！」

『すまぬ、今参戦しようとしていたところだ』

まさか戦闘中のアタルに悠長《ゆうちょう》にしているところを見られているとは思っていなかったため、サエモンは慌《あわ》てたように、イフリアは素直《すなお》に謝罪して戦闘に飛び出していく。

「……少しは増えたようだがたかだか六人でなにができるというのだ」

イグダルは苛立ちながら、これだけの戦力差を前に屈《くっ》しないアタルたちを睨みつける。

数だけでなく、強力な魔族も控《ひか》えている魔皇帝側が圧倒的《あっとうてき》に有利なはず。

それにもかかわらず、イグダルはじわりと忍《しの》び寄る焦《あせ》りに似たなにかを感じている。

「前方のやつらはほとんど倒したが、次のやつらはなかなか強そうだ」

アタルたちが全員揃《そろ》ってからの攻撃によって、大量にいた低、中レベルの魔族の数はかなり減らすことに成功していた。

しかし、アタルの分析のとおり後ろにいけばいくほど、魔族側も実力が上がっていき、簡単な攻撃では倒すことができない。

「はあっ、これは……きついですねっ」

手数の多い双剣《そうけん》によって、魔族は次々に絶命していくが、倒した数が増えていくにつれて少しずつ体力が削《けず》られている感覚にキャロたちは襲われていた。

いまだ全力を出し切っているわけではないが、ここまでの連戦はなかなかないため、疲《ひ》労《ろう》が蓄積《ちくせき》し始めていた。

「そろそろいい頃合《ころあ》いか——四貴族よ、前線に参加せよ！」

まるで盤上《ばんじょう》の駒《こま》を操作するようなイグダルの指示によって、後方に控えていた者たちが動き始めた。

「やっと我々の出番か」

「いつになったらこちらまでたどり着くのかと思っていたぞ」

「しかし、人間ごときを片づけられないあいつらは死んで当然だな」

「生き残っているやつがいたら、地獄《じごく》を見せてやるぜ」

彼らは魔族たちの中でも爵位《しゃくい》を持っており、実力は先に戦った魔族の三人よりも上。

貴族級を名乗るだけあってそれぞれの性格に合わせた上品なたたずまいの衣装《いしょう》だ。

それぞれが、魔公爵《まこうしゃく》バルバデス、魔侯爵《まこうしゃく》グランダッド、魔侯爵テスラ、魔侯爵ミズガルという名を持っている。

それぞれ赤、青、緑、茶の色の皮膚をしており、バルバデスだけが額に太い一本の角があり、侯爵《こうしゃく》三人は額にしなやかな二本の角を生やしている。

それぞれが魔力《まりょく》の込められた黒い剣を手にしていた。

「あいつらの内包している魔力、他の奴《やつ》らに比べてかなり高いな」

満を持して出てきた敵を魔眼で見たアタルが彼らの力をそう評価する。

『確かに、強い力を感じる』

それはアタルの隣《となり》に来ているイフリアも同感だった。

「神クラス、とまではいかないが人間でいうSランク冒険者《ぼうけんしゃ》に近いかもしれない」

その言葉に、それぞれがSランク冒険者をイメージしていく。

思い浮かべた誰《だれ》もがかなりの力を持っており、力を温存して戦える相手ではない。

「こっちは六人で、そっちは四人だけどいいのか？　負けた時に人数が少ないからとか言い訳をされたらたまったもんじゃないが……」

人数差があることをアタルが指摘《してき》する。

もちろん挑発《ちょうはつ》するつもりでこんなことを口にしていた。

「貴様、人間ふぜいが生意気な口をきくものだな」

バルバデスの口調は冷静そのものだったが、赤い顔に青筋が浮かんでいる。

「ふざけるな！」

「我々が負けるだと？」

「命をもって悔《く》いよ」

他の三人も怒《いか》りに目が血走って、手がわなわなと震《ふる》えている。

「あー、そういうのはいいから、それよりそっちが四人でいいのか教えてくれ」

アタルは彼らの怒りには興味がないと言い、再度人数について問いかける。

これが更に四人の怒りに燃料を投下していく。

「構わぬ、すぐにその発言が間違《まちが》っているとわかるはずだっ！」

そう言い終えた瞬間《しゅんかん》、魔貴族たちは怒りのまま動き出す。

「ふふっ」

新たな強敵を前にしているが、キャロはアタルの意図がわかっているため、笑顔で剣《けん》を構えている。

その表情の裏にはいくら強敵を前にしても仲間が全員揃っているというのもあるだろう。

先ほどまで感じていた終わりのない疲労感も、新たな敵を前に気持ちを切り替《か》えたことで少し和《やわ》らいでいる。

「生意気なのはどっちだー！」

生意気という言葉にリリアは不満そうに苛立ちながら、槍の先端《せんたん》をバルバデスに向ける。

「みんな熱くなり過ぎぬようにな」

落ち着いた声音《こわね》で息を吐《は》いたサエモンはいつでもいけるといわんばかりに、片目を閉じて腰の刀に手をそえている。

だがその雰囲気《ふんいき》には冷静さの中に熱い戦いの意思がしっかりと感じられる。

『僕もやるぞう！』

元気よく吠《ほ》えるバルキアスも三人につられて、気合が入っているのか、足で地面を何度か蹴っていつでも飛び出せるように身構えている。

『さて、我々はどうする？』

「そうだなあ、とりあえず俺《おれ》たちは静かに見ているか。で、戦況《せんきょう》が変わりそうなタイミングで援護する。イフリアは他の魔族《まぞく》たちが動かないように見ていてくれ。弱くても俺たちの邪魔《じゃま》になるかもしれないからな」

イフリアはアタルの返事を聞いて指示のとおり、下っ端《したっぱ》魔族たちを威嚇《いかく》するように視線を向けていく。

「うらあああああ！」

「やあっ！」

ニタリと好戦的に笑いながら大きな声を上げた魔貴族が素早《すばや》く動き出していたが、それに負けない勢いで飛び出していったリリアがバルバデスへと立ち向かっていた。

バルバデスの心臓あたりをめがけて鋭《するど》い突きが放たれる。

「そんなものな、ど……？」

黒剣で受け止めようと考えたバルバデスだったが、リリアの突きが簡単なものではないと気づいて、とっさに身体を捻って回避する。

「おっと、まだまだいっくよー！」

回避されたら、すぐに槍を引き戻《もど》して次の突きを撃《う》つ。

「くっ」

それも避《よ》けるが、連続して撃ちだされるリリアの突きを全て回避するのは難しく、徐々に小さな蓄積ダメージを受けていく。

（な、なぜだ、魔族の身体は人間に比べて強固だ。人間の、しかもこんな小娘《こむすめ》の攻撃《こうげき》なんぞで傷がつくはずが……）

魔貴族は基本的に魔族以外の種を見下している。

ゆえに、正しく力を見極《みきわ》められないことが多い。

「ねえねえ、全然攻撃してないけどいいのー？」

強そうな魔族と戦える機会を楽しんでいるリリアはそんな軽口をたたいているが、攻撃の速度が緩《ゆる》むことはなく、むしろ鋭さが増していく。

「くっ、このっ、その程度の、攻撃などッ！」

と口にはするものの押《お》し込まれている状況《じょうきょう》にバルバデスは焦りを覚えていた。

「バルバデス、魔力を使え！」

不甲斐《ふがい》ない様子を見て、魔皇帝がバルバデスに指示を出す。

「そうだ、我々はこいつらより魔力が多い！」

それが魔族を強者たらしめる大きな理由であるが、予想以上の強さを持つリリアを前に焦っていたため、そんなことも頭から抜け落ちていた。

「させないよ！」

イグダルの指示はリリアにも聞こえていたため、彼女《かのじょ》はさらに攻撃速度を上げていくことで、魔力を高める隙《すき》を与《あた》えない。

「そんな必殺《ひっさつ》技みたいなのを出すのを待ってなんてあげないよ！　だって、まだまだ倒さなきゃな相手はあんなにいるんだから！」

魔貴族の四人を倒したところで、この場での戦いが終わるとは思えない。

だから、リリアはバルバデスが奥《おく》の手《て》を使う前に倒そうと考えていた。

「この、卑怯《ひきょう》だぞ……！」

魔力を練り上げる隙を与えないでいると、もどかしさから表情をゆがめたバルバデスは不満を漏《も》らす。

だが攻撃の手を緩めないリリアは静かに首を横に振《ふ》る。

「そもそもそっちはこれだけ大勢でやってきてるのに、こっちが卑怯って意味わからないでしょ？」

離《はな》れてはいるものの、視界には多くの魔族の姿が映っている。

「い、いや、だが、これは我々だけの戦いだから……」

正論をぶつけてくるリリアに動揺《どうよう》するバルバデスは、他の魔族たちは人数には数えない、と言いたいようだった。

「別に奇襲《きしゅう》はしてないし、ずるいことはしてないよね？　最初から本気でこなかったのはそっちが悪いでしょ。だったら、負けても仕方ないよね！」

最後の言葉とともに繰《く》り出された鋭い突きは、バルバデスが持つ剣をからめとって弾《はじ》き飛ばす。

「さ、これで防げないよね」

攻撃を防ぐ手段を失って何も行動できずにいたバルバデスの胸に向かって、リリアがこまでで最も力のこもった一撃《いちげき》を放つ。

竜力、魔力、ダイアモンドドラゴンの力が込められた一撃は、速度も威力《いりょく》も最強である。

「――バルバデス様を救え！」

バルバデスの危機を察した周りの魔族たちの声とともに、攻撃モーションのリリアに向かって、横やりを入れるように様々な武器を投げつけてきた。

「……させるか」

それら全てをアタルが連弾《れんだん》で撃ち抜く。

『邪魔をするな』

イフリアはそれをやってきた魔族たちをまとめて鋭い爪《つめ》で切り裂《さ》いていく。

白い炎《ほのお》を纏《まと》わせた爪であるため、簡単に魔族たちの身体を切り裂いていく。

援護《えんご》攻撃《こうげき》を全て防がれてしまった魔族たちは、リリアの槍がバルバデスの胸を深く貫《つらぬ》くのをただ茫然《ぼうぜん》と見ているしかなかった。

「転移！」

その瞬間、バルバデスは自分とテスラの位置を入れ替えた。

彼の固有能力は、半径百メートル以内にいる、マーキングした相手と自分の場所を入れ替えるというもの。

「バル、バデス、さ……」

結果としてリリアによって胸を貫かれたのはテスラという結果になった。

突然致命傷《とつぜんちめいしょう》となる攻撃を受けることになったテスラは、呆然《ぼうぜん》と何が起こったのかわからないという表情で血を吐きながら絶命した。

「――どっちが卑怯なんだよ……！」

別の魔族を殺すことになったリリアは、苛立ちをもってバルバデスを睨みつける。

「ふっ、力を使うことは卑怯ではないだろう？」

「確かにその通りだな」

「なっ……」

次の瞬間、バルバデスの首は胴《どう》と離れていた。

あまりにも滑《なめ》らかな太刀《たち》筋《すじ》によって一瞬《いっしゅん》で切られたため、バルバデスは自分の視界がぐらりと不規則に揺《ゆ》れて、首のない胴体《どうたい》が別方向に倒れていくさまを見せつけられていた。

「サエモン！」

テスラを相手取っていたサエモンがやったことに気づいたリリアは、嬉《うれ》しそうに彼の名前を呼ぶ。

サエモンは目の前にいた相手が一瞬のうちにバルバデスに切り替わったのをわかっていたが、冷静にそのことを理解し、そのままためらいなく居合による一撃を放っていた。

「さて、これで六対二、いや一か」

キャロも戦っていたグランダッドの胸に大きな十字の傷をつけて倒しており、バルキアスも敵を追い詰《つ》め、あと少しで倒すという状況になっている。

「はあ……やはりこいつらは偉《えら》そうなだけで使い物にならんかったか。魔力だけは高いが戦い方が弱者のそれでしかない」

最初から期待してなどいなかったといわんばかりにそう吐き捨てたイグダルは、魔貴族四人のことをそう言って切り捨てる。

「そ、そんな……」

最後に残ったミズガルは、なんとかバルキアスの猛攻《もうこう》を耐《た》え忍んでいたが、イグダルの言葉を聞いてショックを受けてしまい、愕然《がくぜん》として棒立ちになる。

『さよなら！』

そこにバルキアスの容赦《ようしゃ》ない爪による一撃が加わって、大きく吹《ふ》き飛ばされたミズガルはそのまま息絶えた。

信じて付き従ってきたはずのイグダルの容赦ない言葉に衝撃《しょうげき》を受けたまま、ミズガルはこの世を去った。

「貴族どもは全員倒したが、あれが奥の手か？」

切り札を出して、それを撃破《げきは》した状況であれば、魔皇帝側は圧倒的に不利になったのではないかと、アタルが尋《たず》ねる。

「ハッ、奥の手？　アレのことか？　……あんなのが奥の手などと思われるのは少々心外だな」

鼻で笑い飛ばしたイグダルがこんなことを言うため、アタルを含《ふく》めた面々は何を言っているのかわからずに首を傾《かし》げている。

「なにを、言っているんだ？」

爵位持ちの魔族が倒されたというのに、全くといっていいほど気にしている様子がないイグダルに、アタルは怪訝《けげん》な表情になっていた。

「ふっ……はははははっ！」

そして、イグダルは高笑いをする。

「貴様ら人間どもも、魔国にいる魔族どももも、そのような爵位だけで判断するようだな」

「――そう言うってことは、お前は違《ちが》うというのか？」

眉《まゆ》を寄せたアタルが問いかけるが、イグダルは答えることなくただニヤリと笑った。

それと同時に、今まで隠《かく》れていたのか新しく魔族たちが登場する。

その魔族たちは暗殺者のような黒い装束《しょうぞく》で口元を布で隠していて、その数はおよそ百。

「また数が増えたぁ……どれだけ増えたって変わらないのがわからないのかなあ？」

先ほどまでとは違い、統率《とうそつ》がとれていそうな見た目ではあるが、見た限り弱そうな魔族を大量に相手するのはつまらないとリリアは鬱陶《うっとう》しそうにぶつぶつと文句を口にする。

ただでさえ倒しきっていない最初に召喚《しょうかん》された魔族たちはまだ残っている。

貴族級の魔族を倒すことで相手が怯《ひる》むことを期待していただけに、増援《ぞうえん》に対しては苛立ちを覚えていた。

「……いや、違うぞ」

それはまさかのアタルからの言葉。

「リリアさん、一度こちらに戻って下さいっ」

「わ、わかった」

険しい顔をしたキャロもアタルと同様の考えであるらしく、未《いま》だ敵陣《てきじん》にいるリリアに戻るように促《うなが》した。

キャロの真剣《しんけん》な表情と声に、びっくりしたリリアは急いで駆《か》け寄ってくる。

事態を察したサエモンとバルキアスもアタルのもとへと戻ってきている。

「ほう、わかるか？」

すぐに状況を判断したアタルに魔《ま》皇帝《こうてい》は感心しているようだった。

「そいつら、ただの魔族じゃないだろ？」

ここでもアタルの魔眼が力を発揮する。

彼らの揃《そろ》いの黒衣装には意味があるようだと気づいたからだ。

「どうやら、あの服は装着者の力を隠すことができるらしい。魔眼だと本当の力が見えるが……さっきの貴族のやつらより強いかもしれない、戦いに長《た》けた暗殺者に近い」

ここまでアタルが一番引《ひ》き締《し》まった表情になっている。

「ふーん？　なら、ここからが本当の戦いだって感じだねえ！」

リリアはアタルに言われて冷静に増援たちを見てみて気づく。

彼らの眼差《まなざ》しがさっきまで戦っていた面々とは異なって、上品さなどなく、どこまでも殺意に満ちたギラギラと鋭いものであることを。

「負けませんっ！」

その視線を受けてもキャロは戦い抜くことを強く宣言する。

「どのような者が相手だとしても、ここで引くわけにはいかんな」

サエモンは腰の刀をポンポンと叩きながら、改めて気合を入れ直していた。

『いっくぞー！』

バルキアスは気合十分。

『ここからは我も参戦しよう』

イフリアは最初のブレス以降、基本的に見物に徹《てっ》していたため、元気が有り余っていた。

「それじゃ、今度こそ本気で倒させてもらうぞ」

アタルはハンドガンの銃口《じゅうこう》をイグダルに向けてニヤリと笑った。

あくまでも状況は変わっていない、とでも言うかのように。

「なかなかしぶといが、こちらもそろそろ決着をつけさせてもらうとしよう。外で騒《さわ》いでいるゴミたちもなんとかしないとだからな」

コウタたちがボルガルンに攻《せ》め入っていることはイグダルも知っているらしく、アタルたちを片づけたあとに自ら出向こうと考えていた。

「さて、あいつらがゴミかどうか……」

なにか含むところがあるような口調でアタルは言葉を返し、引き金を引いていく。

増援の百人の実力は高く、元々いた魔族たちも息を吹き返して戦いに力をいれるようになる。

ここからの戦いはまさに熾烈《しれつ》を極《きわ》めていた。

「――はあ、はあッ……」

体力もついてきたはずのキャロが息を切らしながら、それでも短剣《たんけん》をしっかりと握《にぎ》り続けて戦っている。

アタルたちの頑張《がんば》りで魔族の数は徐々《じょじょ》に減ってはいたが、増援の暗殺者軍団が元々の魔族たちとグループを組んで戦い始めたことで、撃退《げきたい》速度が著《いちじる》しく落ちていた。

「もう、ほんっと、しつこいってば！」

同じような戦いが続いて苛立つリリアが強引に槍を振るうも、暗殺者のひとりによって防がれた。

イグダルがまだ待ち構えていることを考えると、全ての攻撃に最大限の力をこめるわけにもいかずに戦いあぐねている。

しかも実力者の数がここまで増えると、さすがのアタルたちでも簡単に倒せずにいた。

「これは、厳しいな……」

戦い慣れているサエモンはなるべく体力を消費しないよう最小限の動きに留《とど》め、斬《き》る際にも技術を駆使《くし》していたため、まだ戦闘《せんとう》を継続《けいぞく》することはできる。

「どこまで持つか……」

だが彼が持つ刀は業物《わざもの》ではあるが、寿命《じゅみょう》が近かったため、長時間の戦闘に向いているものではなく、刃《は》こぼれが目立ち始めていた。

元々武器づくりのために危険を覚悟《かくご》して帝国《ていこく》まで来たため、体力よりも先に武器の限界が来そうだと思いながらもサエモンはなんとかしのいでいた。

バルキアスとイフリアの二人も同様に疲労をなんとか飲《の》み込んで戦い続けている。

「──もう少し、か……」

アタルの戦闘スタイルはさほど体力を消費しないものであるため、他のメンバーよりも体力は残っている。

しかし近接戦闘が得意でないことは既《すで》に見破られ、時折魔族たちの接近を許してしまう。

それによって、攻撃を銃底《じゅうてい》で受けたり、接近してきた魔族たちの対処に意識を割《さ》かねばならなかったりと、いつもより消耗は激しかった。

アタルがもう少しだろうと頃合いを量《はか》りながら戦っている。

「…………きたか！」

アタルはその気配に気づいて、上に視線を向けた。

「来てくれましたっ！」

音に敏感《びんかん》なキャロも同じ気配に気づいたため、笑顔で顔を上げる。

「アタルさあああああああん！」

上に広がる穴から勢いよく飛び降りてきたのはコウタだった。

「なんだと⁉」

まさかアタル側に増援が来ると思っていなかった。

しかもあとで倒すつもりだったレジスタンスのリーダーであるコウタが到着《とうちゃく》したことで、イグダルは目を大きく開いて驚愕《きょうがく》している。

「こんのおおお、アタルさんから離れろ！　光の力よ、我《わ》が呼びかけに応え、剣となれ！　ライトスレイヤー！」

盾《たて》と剣を構えたコウタはアタルの近くに向かって落下しており、その勢いのまま魔族に斬りつけて、アタルの周囲にいた魔物《まもの》たちを魔法剣《まほうけん》の大きな一振《ひとふ》りで一掃《いっそう》する。

「コウタ、来てくれたのか……キルたちも」

「ええ、間に合ってよかったです」

ナイフを構えたキルは魔族たちから視線を動かさないまま答えた。

彼《かれ》らはリリアとサエモンがイフリアに乗って飛び立ったあと、軽く事後処理をしてすぐに足の速い馬を選別してボルガルンに向かい、コウタたちと合流している。

「しかも、色々とおまけを連れてきたみたいだな……」

コウタが引き連れてきた仲間たちは既に魔族たちと戦い始めていた。

その中には、レジスタンス以外の姿もあった。

「噂《うわさ》の黒騎士に、一般《いっぱん》の騎士に兵士。近衛騎士団《きしだん》のやつらもいるのか……」

彼らはコウタたち、そしてアタルたちと敵対していた面々である。

それにもかかわらず、今はイグダルに反するレジスタンス側について戦ってくれていた。

「――これはいったいどういうことなんだ？」

元敵も入り交じったありえない状況に、困惑《こんわく》したアタルはコウタに問いかける。

「あー、えっと、なんかみんな協力してくれて……」

コウタはどう説明すればいいのかわからず、曖昧《あいまい》に笑うだけの説明になっていた。

「私から説明します。あのあと私は職人村でリリアさんたちが倒した黒騎士の将軍さんたちを連れてボルガルンに向かったんです。その道中でコウタのこと、レジスタンスが考えていること、アタルさんたちが協力してくれているということ、それから皇帝について調べた結果なども全て説明しました」

どこから現在の状況に繋《つな》がっているのかを、キルは順を追って説明していく。

「そこで彼らは我々の考えに同意、とまではいきませんが、理解してみようという気持ちが生まれて来たようです。彼らは帝国の歪《いびつ》な構造に初めて気づいたようでして……」

まずは少しの変化から始まる。

「ボルガルンについてからはコウタと合流したんですが……そこではまさかの光景が広がっていました」

キルはその時のことを思い出し、悩《なや》んでいるかのような難しい表情になる。

「そっか、そのタイミングでキルが来たんだったね。あの時、僕《ぼく》たちは騎士や兵士の人たちをかなりの数、倒していたんです」

あくまで『倒した』というものである『殺したではない』。

殺すのを目的としていないということを、コウタは全員に伝えている。

もちろんその想《おも》いを酌《く》んだレジスタンスのメンバーは極力殺さないよう注意していた。

「で、その人たちになんで僕たちがこんなことをしているのか、ちゃんと説明したんです。帝国がこんな環境《かんきょう》になってしまったことには絶対に皇帝が絡《から》んでいて、裏があるって。そうしたら黒騎士の将軍さんたちが僕の考えに同意してくれて……」

そう言うコウタの視線の先には、魔族と戦っている黒騎士たちの姿がある。

「なるほどなあ、上の者たちが賛同、そして下の者たちを説得したということか」

アタルの分析に、コウタとキルが頷《うなず》く。

「それで、なんであの近衛騎士団のやつらまで参戦しているんだ？　俺たちと戦って結構怪我《けが》をしていたと思うが」

アタルたちと戦った全員が魔族との戦闘に参加しているのが確認できる。

「たまたま途中《とちゅう》であの人たちが休んでいるとこに間違えて行っちゃったんですよね。でもって、怪我人たちにエリクサーを使ってあげたんですよ」

コウタはそんなことをあっさりと言ってのけるが、キルは顔を手で覆《おお》っており、アタルは目を見開いて驚いている。

「……おい、エリクサーって、あのなんでも治る万能《ばんのう》の薬っていう伝説級のやつか？」

これはアタルがプレイしたことのあるゲームでのイメージである。

だが、どうやらこちらの世界でもそれは同様だったようで、貴重なものをポンと使ったコウタは苦笑《くしょう》し、キルは苦い表情のまま笑うことなく頷いていた。

「そんなものを惜《お》しみなく使ったりして、しかもちゃんと大義のもとに戦っているとなればあいつらもコウタの考えに賛同する、か」

やれやれと呆れ交じりのアタルだが、とりあえずの納得《なっとく》を見せる。

（なあ、キル。あいつって相当な人たらしなのか？）

いくら色々と話をしたり、薬を提供したりしても、これまで敵対していた相手がここまで簡単について来るというのは普通《ふつう》あり得ないことだった。

（ええ。彼固有の特殊《とくしゅ》能力なのかもしれませんが、どうにもコウタには人を惹《ひ》きつける魅《み》力《りょく》があって、彼にならついて行ってもいい、と思わせるなにかがあるのでしょう……）

声を潜《ひそ》めたアタルの問いかけに、いつも隣にいて感じていることをキルが話してくれる。

（なるほど……魅了《みりょう》スキル、ではないか。恐《おそ》らくはカリスマみたいなスキルを持っている

のかもしれないな)

コウタの話を聞いて、彼の人柄《ひとがら》に惹きつけられる。

しかし、それが操《あやつ》られているかのような悪意を感じるものではないため、アタルはコウタの魅力を後押《あとお》ししてくれるような力なのだろうと判断していた。

「いやあ、それにしても城の地下……というより、帝国の地下にこんな空間が広がっているだなんて驚きました！」

コウタは地下空間を見回して、改めてその広さを感じている。

敵はまだたくさんいるが、コウタたち援軍《えんぐん》の到着でだいぶ状況は巻き返せている。

端《はし》はどこまで行っても見当たらないようで、果てがあるのかも未知数だった。

「地面になにかが刻まれているだろ？」

アタルは開けているエリアの地面の一部を指さしながら言う。

「…………あー、なにかありますね、文様の一部の線ですかね？」

「曲線、でしょうか。おそらく地面に意味を成して描《えが》かれているのでしょう」

その確認に対して二人は思ったことを口にするが、それがなんのためのものなのかまだわかってはいないようだ。

「全貌《ぜんぼう》を確認《かくにん》したわけじゃないが、多分超巨大《ちょうきょだい》な魔《ま》法陣《ほうじん》だと思う」

指で円を描きながらアタルが予想を話すと、コウタとキルは慌てて周囲を見回していく。

「こ、この空間全体に魔法陣が？　帝国の下にそんな、なんのためにそんなものが⁉」

コウタは驚きのあまり、アタルに詰め寄るような形で質問してしまう。

「おっとっと、まあ予想ではあるが答えられる」

アタルは軽く手で押して熱くなっていたコウタを下がらせる。

「あっ、す、すみません。でも、アタルさんはなんのためのものかわかるんですか？」

コウタは謝罪しながらも、それでもこの魔法陣に対しての興味が強いらしく、そちらに話を持っていく。

「あぁ、この国に来た時点で色々おかしいと思っていたんだよ。まず全体的にどんよりして重苦しい空気を感じた」

帝国領内《りょうない》に入った時のことをアタルは思い出している。

「圧政のことは聞いていたし、入国の際に結構厳しくチェックされることで、みんな疲《つか》れているからかと思っていたんだけど、違った」

ここにいる全員が空気に関しては同じ印象を持っていたため、アタルの指摘に不安を覚えていた。

「この地面に描かれている、というか刻まれている魔法陣は国中に広がっていて、人間、植物、動物、命あるもの全てから力を吸収しているんだよ。そして、その力があいつに集まっている」

アタルはイグダルを指さすが、彼は今の状況を見て苛立《いらだ》っていて、それどころではない。優勢だと思っていたのに、かつての部下にまで裏切られた形になって追い込《こ》まれ始めているからだ。

「この魔法陣、壊《こわ》せないかと俺も弾丸《だんがん》を撃ちこんではみたんだが……どうやらあのイグダルとやらと繋がっているみたいでな。あいつを倒《たお》さないと破壊《はかい》するのも難しいようだ」

魔眼《まがん》で見ても魔法陣は強い力を帯びていて、それが集めた力がイグダルに繋がっているのもわかっている。

「そんなことになっていたなんて……」

コウタは思っていた以上に、国中がイグダルに支配されてしまっていることを知ってショックを受けていた。

「アタルさん、念のための確認ですが、今戦っているのは……」

「魔族だな」

それを聞いてキルは細い目をカッと開く。

「魔族なんて普通は出くわさない種族だから、こんなにいるのは相当なことだ」

アタルも長い旅の中でラーギル以外に出くわしたことはなかったため、数えきれないほどの数の魔族がいるのは、改めて考えるとありえない光景である。

「――あの皇帝も、魔族なんですね？」

コウタは鋭い眼差しでイグダルを睨《にら》みつけながら質問してきた。

「あぁ、恐らく皇帝があいつに入れ替わったところで、帝国の凋落《ちょうらく》が始まったんだと思う。それがどれくらい前なのかはわからないが……とにかくあの魔族の男が長い間この国を支配して、力を吸い上げて、そして今に繋がっている」

「そんな、ことが……！」

諸悪の根源を前にしてコウタは視線を動かさずに、剣を握る手に力が入る。

強く噛《か》みしめた奥歯《おくば》がギリッという音を立てていた。

「だが、今はチャンスだ」

アタルの言葉に近くにいる全員が彼を見る。

「まず、皇帝の正体がわかった。ただの人ではなく、魔族が暗躍《あんやく》していたということがわかったからには、帝国所属の人間たちもレジスタンス側につきやすい」

その言葉のとおり、コウタが連れてきた騎士《きし》たちは魔族を前にして迷いが全て晴れているようだった。

「そして、既に戦力はある程度俺たちが殺《そ》いでいる」

レジスタンスだけで戦っていたら、そもそも皇帝のところまでたどり着けなかったかもしれない。

「やっぱり昨日アタルさんに相談をして大正解でした！」

コウタはここでやっと柔《やわ》らかい笑顔《えがお》を見せる。

昨晩コウタはどう動くべきなのかアタルに相談し、結果としてボルガルンに本気で攻め入って皇帝を討《う》つという決断を下せた。

それが正解だったと、現状を見て実感させられている。

「あぁ、だが俺だけではこの国を変えることは無理だ」

アタルは戦う力を持っている。

仲間たちも同等の力を持っている。

そして、彼のことを仲間たちは信頼《しんらい》している。

ただし、それは自分と近しい人物にだけのものだ。

「コウタにはみんなをまとめる力がある。みんなを引っ張っていく魅力がある。そして、主人公として——勇者としての力がある」

アタルはコウタの肩《かた》に手を置いて、しっかりと目を見てこのことを言い聞かせていく。

「これは何もお世辞で言っているわけじゃない。この帝国での物語の主人公はお前だ、コウタ。わかるな？」

アタルはコウタこそが選ばれた存在であると伝える。

ここに居合わせただけのアタルでは、このストーリーのクリアは成《な》し遂《と》げ切れないことを理解させようとしていた。

「……はい。いえ、多分アタルさんに言われる前からどこか、わかっていたんだと思います。だからレジスタンスのリーダーなんてことをやっていたんだと」

日本にいたころ、ただ目の前の友達を助けたくて手を伸《の》ばした先に落ちた世界。

ずっとなんでこうなったんだろうかと思っていたが、答えを見つけたような気がした。

「でも、今本当の意味でわかりました。主人公が物語を締めないと、ですよね」

同郷の、そして自分よりも力を持っているであろうアタルからの言葉に、コウタは打ち震えていた。

「僕がやります」

そう言って一歩前に出たコウタの背中は主人公のそれだった。

「イフリア」

『うむ』

アタルが呼びかけると、イフリアは人を乗せられるサイズになって、コウタの前にしゃがんだ。

「……いいんですか？」

アタルの指示とはいえ、本当に乗せてもらっていいのか？　とコウタは疑問に思ってしまう。

『構わない』

だがイフリアからの返事は、迷いのないものだった。

「それではお願いします」

「コウタ、これを持っていけ」

「えっ？　わっとっと」

急に剣を投げてきたため、コウタは慌《あわ》てながらイフリアの背でそれを受け取った。

「これは、剣――ですね」

当たり前のことを口にするコウタだったが、アタルの意図を確認するためのものである。

「それは近衛騎士団のやつから没収《ぼっしゅう》したやつだ。聖剣《せいけん》の一つで、勇者であるお前が持つのにふさわしい武器だろ」

「聖剣！」

そう聞くと、興奮交じりのコウタはすぐに剣を抜《ぬ》いて確かめる。

鞘《さや》に隠《いん》ぺいの魔法《まほう》がかけられているため、聖剣自体の力は抜いて見なければわからない。

「これ、すごいですね……」

思わずそう言ってしまうほど、今まで使っていた剣と比較《ひかく》して何段階も上の代物《しろもの》だった。

初めて手にしたそれは、まるで最初から自分のものであったかのようにしっくりくる。

「どうだ、やれそうか？」

「はい、やれます！　ありがとうございます！」

コウタは一層自信が強まり、イフリアの背中で力が満ちているのを感じていた。

「イフリアさん、お願いします」

『わかった、行くぞ！』

飛び上がって、戦闘している者たちの上空に移動していく。

何人かは気づいていたが、それもまだ少数である。

全員から見えるところで、コウタが剣を抜き高くかざす。

「我が名は、コウタ！」

その声は、戦いが繰り広げられている中でも通って聞こえる。

「レジスタンスを率いるリーダーであり、この国を救う勇者である！」

剣に力を込めると、コウタの魔力《まりょく》に反応して剣身にキラキラとした神々《こうごう》しい光が宿る。

これは剣に、使い手として認められたことを意味していた。

「あれは私の……いや、彼が持つべきだったのかもしれないな」

近衛騎士団の団長であるメイラズは魔族《まぞく》を切り捨てたあと、コウタの手にある剣を見て納得したように目を細めて呟《つぶや》く。

元々の持ち主だっただけあり、剣が本当の持ち主に出会うことができて喜んでいるのを感じていた。

「我らが討つべきは、この帝国に巣くっている魔族どもであり、そいつらを統率している皇帝《こうてい》イグダル！」

ここでコウタは剣先をイグダルへと向ける。

彼の眼差しに宿る、魔皇帝を討つという炎は強く燃《も》え盛《さか》っていた。

「この帝国をもう一度我らの手に！　魔族を……殲滅《せんめつ》せよ！」

コウタの声は、レジスタンスおよび、レジスタンスについた騎士たちの耳に届き、彼らの士気を向上させる。

「「「おおおおおおおおおおおおお！」」」

呼応する声が全員の背中を押して、コウタとキルも戦いに参加したことでレジスタンス側が優勢になっていく。

「やっぱりあいつは主人公だな」

小説や漫画《まんが》に出てくるような、国を救う勇者を思わせるコウタの姿に、ふっと表情を和《やわ》らげたアタルはそんなことを呟く。

「それだったら、世界を救う戦いをしているアタル様は大主人公ですねっ！」

キャロがそんな言葉を自然と口にしたため、アタルはキョトンとしてしまう。

「大、主人公？」

そんな言葉を聞いたことがなかったため、目を丸くしたアタルは思わず繰り返す。

「そうです、大主人公ですっ！」

それを自信たっぷりのキャロがこぶしを作って再度繰《く》り返す。

「だったら、私たちは大主人公の仲間だから、大仲間かな？」

ニッと笑ったリリアまでもがそんなことを言ってくる。

「ぷっ……！」

それを聞いたアタルは思わず噴《ふ》き出してしまう。

「ははっ、それは面白《おもしろ》い表現だな。大主人公に大仲間か。それはいい」

別に自分のことを卑下《ひげ》しているわけではなかったが、二人からのフォローを聞いて、ア

タルはいつの間にか抱《かか》えていた暗い想いが吹き飛んでいた。

この帝国に来てから、レジスタンスの活動や帝国内の事情を知れば知るほどに、これまでのようにアタルたちが暴れまわって解決することが正解だと思えず、コウタをどう勇者として成長させていくべきかと立ち回っていた。

今ここでその答えと仲間たちのどこまでも底抜《そこぬ》けな信頼を感じてアタルは吹っ切れた。

「それじゃ、その大主人公とやらの俺《おれ》も少し戦いに参加するとしようか」

コウタたちの登場で少し休むことができたため、戦いに集中し始めたアタルは銃を握っていく。

「ふむ、ならば私も行こう」

サエモンも武器以外の疲労《ひろう》が少なかったため、名乗り出る。

「キャロ、リリア、バル。ひとまずみんなは休んでいてくれ。まだきっと戦う場面はやってくるはずだからな」

その言葉に三人は静かに頷いた。

「それじゃ、大人の男二人で行くとしよう」

「あぁ」

こうして、アタルとサエモンの二人はレジスタンス側に加勢していく。

もちろんアタルは弾丸で攻撃《こうげき》していき、サエモンはボロボロの刀で戦っていく。

本来なら刀身がそのままでは戦うことは難しいが、彼は常に刀に刀気を帯びさせることで問題を解決している。

(さすがアタルさんたちだ。二人が参戦したことで、弱い部分をフォローされて戦況《せんきょう》が安定してきている)

これなら背中を任せて安心できると笑《え》みをこぼしたコウタはコウタで、アタルたちのことを尊敬しており、彼らの実力が確かなものであることを再認識《さいにんしき》させられていた。

(でも、なんであいつは動かないんだろう……？)

苛立ちを見せているものの、イグダルは玉座に腰《こし》かけ静観を貫いて動く様子がない。

そうこうしているうちに、魔族たちは次々に倒れていき、奥《おく》の手《て》として出してきたはずの暗殺者軍団もコウタ、キル、サエモン、アタルたちの前に倒されていった。

屍《しかばね》となった魔族たちが大量に地面を埋《う》め尽《つ》くす中、こと切れていることを確認したレジスタンスの面々も疲労で座《すわ》り込んでしまう。

「ふう、なかなかきつかったがなんとか倒せたな」

「はい！　アタルさんたちのおかげです。先に弱らせていてくれたから……」

アタルの言葉に、やはりコウタは彼らのことを持ち上げる発言をする。

「いや、お前たちが来てくれたからだ」

それに対してアタルもコウタたちを褒《ほ》めていく。

最初から戦っていたからこそ、コウタが来てからの戦闘の流れが大きく変わったのを肌《はだ》で感じていたからだ。

「コホン——互《たが》いを褒めあうのはそのへんにして、あいつが待っていますよ」

コウタの活躍《かつやく》をうれしく思いながら、気を引き締めなければとキルが二人に声をかける。

もちろんイグダルは待っているわけではなかったが、まだ玉座から動く様子はない。

「あとはお前だけだ、魔皇帝イグダル！」

長く続いた戦いの最後を告げるように、コウタはイグダルに聖剣を向ける。

「ふむ、あやつらも十分時間を稼《かせ》いでくれたな。助かった」

全ての魔族が倒れたところで、屍の海を一瞥《いちべつ》したイグダルはここにきてこれまでと違い、うっそりと笑いながら労《ねぎら》いの言葉をかけていく。

それと同時に、地面が大きく揺れる。

「な、何が起こっているんだ⁉」

かなり強い地震《じしん》であるため、コウタはなにが起きているのかと慌てて周囲を見回す。

「な、なんだ、地面が光っているぞ？」

これはレジスタンスの誰《だれ》かの言葉。

その言葉のとおり、先ほど見かけていた文様のある地面が強く赤い光を放っていた。

そしてこの場で死んだ者は、魔族、レジスタンス関係なく、光り輝《かがや》くと全て魔法陣に飲み込まれているのが見えた。

「これはまずい！　コウタ、早くそいつに止《とど》めを刺《さ》すんだ！」

「えっ、は、はい！」

アタルの指示を受けて、反射的に返事をしたコウタは剣を手に急いで走り出す。

コウタだけにまかせるつもりはなく、いつでも動けるようにライフルを構えたアタル自身も銃口をイグダルに向ける。

「はっ、遅《おそ》かったな」

国中に広がっていた魔法陣が光とともに収縮して集まっていき、それがイグダルの足元へ動いたと思うと、そのままイグダルの体に文様が浮《う》かび上がって力が吸収されているのが分かった。

このタイミングでアタルは弾丸を放って、コウタも剣で斬りつけるが、どちらも弾《はじ》かれてしまった。

「くっくっく、この力。長い年月をかけてため込んだ力。漲《みなぎ》る、滾《たぎ》るぞッ！」

「ぐっ……！」

これまでに集められた全ての力がイグダルに集約されており、彼を魔眼で見ようとするが、力が強すぎてアタルは目にズクンと重い痛みを感じてしまう。

「ま、魔族たちの死体がなくなっているぞ！」

「うわあ、あいつの死体がなくなっちまった！」

どうやらこれまでに帝国内で集めていた力と、魔法陣に飲み込まれた全ても合わせてイグダルの血肉になってしまったようだ。

「リベルテリアの時と同じだな。やはり、魔族がやるようなことは同じと言うことか」

アタルはラーギルの入《い》れ知恵《ぢえ》で邪神《じゃしん》を復活させようとした教皇のことを思い出していた。

（あの時は失敗だったが、今回のこれは大成功って感じだな）

ボコボコとうねるように皮膚《ひふ》がうごめいたと思うと、イグダルの頭にあった角が進化して大きな角一本になり、銀色の髪《かみ》はさらに伸びて肌の色は黒く、背中には大きな黒々とした翼《つばさ》が生えている。

そして、その身に宿す魔力は何十倍にも膨《ふく》れ上がっていた。

「ふん」

まるでコバエでも払《はら》うかのようにイグダルが右手を横に振《ふ》ると、それだけで衝撃波《しょうげきは》が生

み出された。

ちょうどそこにいた何人かのレジスタンスが吹《ふ》き飛ばされ、一瞬《いっしゅん》で命を落とした。

「ふははははッ、素晴《すば》らしい！　最高の気分だッ！」

軽く力を放っただけでこの結果であることにイグダルは打ち震《ふる》えながら喜び、高笑いをしている。

「この、ふざけるなあああ！」

コウタは仲間の命を簡単に扱《あつか》われたことに怒《いか》り、魔力を燃やしていく。

「魔皇帝イグダル、さすがに今のは少しやりすぎだ」

コウタよりは冷静だが、アタルも怒りをにじませてイグダルをにらむ。

「魔皇帝？　あぁ、そんな名を名乗っていたか……。だが、今の私は違《ちが》う……」

そう言いながらイグダルは右手をゆっくりと横に挙げる。

今度は先ほどのような攻撃的《こうげきてき》な意思は持っていないようだったが、少しの挙動で先ほどのような悲劇が起こってしまうかもしれないと全員がその一挙手一投足に注目し、警戒《けいかい》していた。

「今の私ならこれを使いこなせるはずだ。いでよ」

手をかざした空中にぬらりと黒い魔法陣が生み出され、そこから一本の剣が姿を現す。

魔という原液をそのまま凝縮《ぎょうしゅく》したような漆黒《しっこく》の剣は、それ自体が脈打つかのように闇《やみ》の気配をまき散らしている。

「あ、あれは！」

それを見ただけで普通じゃないということに全員が気づく。

中にはその剣が発する闇の力におされ、膝《ひざ》をついてしまう者まで現れる。

「力に耐《た》えられない者は下がるんだ！　動けるものは、それを手伝って！」

それに気づいたコウタが全員に声をかける。

「あぁ、すまぬ。こいつはじゃじゃ馬でな。私の声など届かず好きに力を使うんだ。だが、少しは声が届くか？」

謝《あやま》っている気など一ミリもないねっとりとした声音《こわね》でイグダルは剣に手をかざす。

それを掴《つか》むと、外に向かって放たれていた禍々《まがまが》しい力がまとわりつくようにイグダルの身体に流れ込んでいく。

「あぁ、心地《ここち》よい力だ。ふむ、どうやら我を主と認めてくれたようだ」

嬉《うれ》しそうにほほ笑むイグダルは淀《よど》んだ瞳《ひとみ》で剣を掲《かか》げる。

「わが手中にて輝くは、魔剣《まけん》ダロス！　我は魔王《まおう》なり！」

魔剣ダロス。

千年以上昔の名工が自身の最高傑作《けっさく》をと命を懸《か》けて作ったものだ。

代々魔王となる者はこの剣に認められた者のみと決められている。

しかしこの数百年、魔族が大陸内で争っていた間にダロスの行方《ゆくえ》は知れないままになっていた。

ゆえに認められる者が現れることもなかった。

だが、ついに帝国の地で魔王が誕生した。

「我は長い年月をかけてここまで至った。我こそがこのグレストリアの全てを手にし、支配する全世界の主となる存在！　魔王たる我に従えぬ愚《おろ》かな者どもにはみな等しく今ここで死という栄誉《えいよ》を与《あた》えてやろうッ！」

魔王は帝国だけでは飽《あ》き足らず、世界の全てを手にすると宣言した。

「――残念ながらその未来は来ないだろうな」

魔王を前にしているが、いつもの調子でアタルが言う。

「……なに？　貴様が阻止《そし》するとでもいうのか？　ふ、ははっ、その珍妙《ちんみょう》な武器で私に勝てるとでも思っているのか？」

アタルの言葉を冗談《じょうだん》かなにかだと捉《とら》えた魔王は嘲笑《ちょうしょう》している。

「いーや、俺じゃない。こいつがお前を倒す」

アタルはコウタの肩に手を置いて前に出す。

「えっ？　ぼ、僕ですか⁉」

先ほどまでイグダルは自分が倒すと意気込《いきご》んでいたコウタだったが、それでもアタルがいるならアタルが戦うのでは？　と思っていた。

「俺はただの冒険者《ぼうけんしゃ》で、レジスタンスの手伝い程度の存在だ。だが、お前は違うだろ？お前はなんだ？」

自覚させるためにアタルはあえて質問を投げかける。

「僕は……レジスタンスのリーダーです」

「そうだ、皇帝《こうてい》の独裁によって苦しんでいる国を助ける存在だ。そして……」

コウタの言葉をアタルが補足していく。

「僕は、勇者――です」

どこか自信がなさそうに言う。

「あなたこそ真の勇者だ。私が持っていた聖剣があなたのことを正しい主だと認めた。あの聖剣は正しい力を持つ者を真の持ち主として認める！」

ここで近衛騎士団のメイラズが声をかける。

「魔剣に認められた者が魔王ならば、聖剣に認められた者こそが勇者です！」

つまり、同等の存在であるとメイラズは言外に語っていた。

「ふん、そのように格の低いものをこのダロスと並べられるとは、気分が悪い」

勇者や聖剣などおもちゃに過ぎないと思っている魔王は怒りとともに魔剣に魔力を流していく。

その力は先ほどまで立っていられた者たちにまで影響《えいきょう》を及《およ》ぼしている。

「っ……コウタさん、聖剣はあなたのことを認めていますが、それでもまだ本来の力に目覚めていません。私には無理でしたが、あの輝きを持つあなたならできるはずです！」

メイラズの家は、代々聖剣を受け継《つ》いできた。

だからこそ、聖剣が本来の主からの呼びかけを待っていることに気づいている。

それを呼び覚ませる日が来ればと鍛錬《たんれん》をし続け、聖剣を守ってきたが、自分がその役目にないと確信したからこそ、聖剣に輝きをもたらしたコウタに思いを託《たく》そうとしていた。

「――わかりました」

コウタは目を閉じてスーッと大きく息を吸い、ゆっくりと息を吐《は》いていく。

「僕の名前はコウタ。仲間を助けたい。国を救いたい。まだまだ未熟者かもしれないけど、僕に力を貸してほしい」

祈《いの》るように剣に額を寄せ、名乗り、そして自らの望みを聖剣に伝えていく。

『あぁ、勇者よ。ずっと待っていたぞ。そなたのその想い、聞き遂げよう』

すると聖剣から、コウタにだけ聞こえる声が返ってきた。

その声はようやく勇者と出会えた歓喜《かんき》に震えていながら、穏《おだ》やかでいて力強い。

「ほ、本当に？」

その問いかけに応えるかのように、聖剣は強い光を放っていく。

「コウタ、疑うな。ただ、信じるんだ」

「っ、はい！」

アタルの言葉に、コウタは返事をすると聖剣と向き合う。

その時を待っていたかのように眩《まばゆ》く光り輝いた聖剣に彼の魔力が流れ込んでいき、聖剣の力がコウタへと流れ込む。

「こ、これは……すごい！」

互いの力が循環《じゅんかん》し、双方《そうほう》の力を高めていく。

聖剣の力はコウタを中心として、地下空間に広がっていく。

「くっ」

それは先ほどまでこの場を支配していた魔王の力を相殺《そうさい》し、仲間たちの力を強化させていた。

「ならば、こいつらならどうだ！」

聖なる力に顔をゆがめた魔王の背後に無数の魔法陣が生み出される。

最初の三魔族、地下の大量魔族、爵位《しゃくい》持ち魔族、更《さら》には暗殺者風魔族たちとかなりの数の魔族と戦ってきた。

そこに来て、魔王はまだなにかをしようとしている。

「いでよ！」

魔王が手をかざすと闇の魔法陣が反応して、なにかが召喚《しょうかん》されていく。

「ははっ、こいつはまたなかなかの数だな」

毒々しいまでの紫色《むらさきいろ》に光った魔法陣の中から出てきたのは凶悪《きょうあく》な魔物《まもの》たち。

紫《むらさき》の炎《ほのお》を纏《まと》うヘルドッグ。

生前剣の使い手で強者であったデスナイト。

強固な金属ですらスパッと断《た》ち切るカマキリの魔物、マンティスクイーン。

ゴブリン種も多数いるが、それらはすべてゴブリンダークナイトという、闇の剣術《けんじゅつ》の使い手である。

更には最初の街でアタルたちが冒険者総出で倒したギガントデーモンがいる。

しかもそれらが、全て四十体ずついる。

「キャロ、あのデカイの、覚えているか？」

「もちろんですっ！　あの時の悔《くや》しさはずっと忘れられませんっ！」

キャロはギガントデーモンとの戦いでは、途中で脱落《だつらく》してしまった。

力不足でアタルを見送ることになってしまったあの時の悔しさは、キャロの強くなりたいという根底にある思いだ。

「私が、倒しますっ！」

今の自分なら絶対に負けないという自負がある彼女《かのじょ》は、あの時の雪辱《せつじょく》を晴らすつもりでギガントデーモンに挑《いど》もうと考えている。

「ということだ。あの魔物たちは俺たちに任せて、お前はその調子にのったアホをぶっつぶしてやれ」

アタルはポンっとコウタの背中を押《お》すと、自分の戦いのために走り出す。

「お前たちもコウタが魔王との戦いに専念できるように各自で考えて動けよ！」

アタルの言葉に、レジスタンスたちは改めて気合をいれて魔物たちに立ち向かっていく。

魔王が召喚した魔物たちは、一体だけでも小国を滅《ほろ》ぼすだけの力を持っている。

それを倒すともなれば、心だけでも強くあらねばならない。

だから、アタルはみんなに声をかけていった。

（あとは、あの聖剣の効果に期待だな）

アタル自身も聖剣の恩恵《おんけい》を受けており、自らの身体能力と魔力が高められているのを感じている。

「――ついでにこいつも」

さらにレジスタンスの面々の後押しをするために、できる範囲《はんい》で彼《かれ》らに身体強化弾《だん》を撃《う》ち込んでいく。

「うっ」

「いたっ」

「な、なんだ？」

ほんの少しの痛みと、その後に現れる肉体の変化に戸惑《とまど》いつつ、それでもこの状況《じょうきょう》で強くなれるならと考えることをやめて受け入れていく。

「聖剣に強化された人間と、魔剣によって強化された魔物――どちらが強いか見せつけてやるぞ！」

「「「「おおおおおぉ！」」」」

（さすがアタル様っ、皆《みな》さんに火をつけましたねっ！）

アタル自身は自分のことを主人公じゃないと思っているようだが、ずっとその傍《そば》にいて彼を見てきたキャロからすると、アタルの言葉もまたコウタのように人を動かすだけの力を持っていると思っていた。

そして、魔王と勇者率いる人のこれからをかけた戦いが始まる――。

第六話　勇者と魔王

魔王が呼び出した魔物たちは各個体の実力が高いため、アタルは遠距離《えんきょり》に位置してライフルで攻撃をして各個撃破《げきは》していく。

しかも、今度は出し惜《お》しみすることなく、弾丸に玄武《げんぶ》の力を込めている。

「ぐぎゃ！」

ちょうど放った強力な弾丸が、ゴブリンダークナイトの兜《かぶと》を貫《つらぬ》いて頭部を吹き飛ばしていた。

（こいつはすごいな。弾丸にまで力が影響している）

聖剣によって、みんなの能力が強化された。

それが、アタルの弾丸にまで上乗せされており、威力《いりょく》が強化されていて、容易に魔物を倒している。

さすがに強化されてもレジスタンスのメンバーは苦戦をしているようだが、それでもなんとか食《く》らいつき、同じ土俵でまともに戦うことができていた。

「そらそらそらあああ！」

リリアたちも休憩《きゅうけい》によって体力が回復しており、突《つ》きの速度はいつもより速く、鋭《するど》い一《いち》撃《げき》はデスナイトを防戦一方に追いやっている。

「ふんっ」

そうやって彼女がひきつけているところを、サエモンが居合切りで胴《どう》を一刀両断にしていく。

ひとりひとりで戦っても倒すことはできるが、連携《れんけい》したほうが容易に倒せると判断し、このような戦い方を選択《せんたく》していた。

「っやあああ！」

その一方で、キャロは単独でギガントデーモンと戦っている。

彼女も聖剣の強化を受けたうえで力を惜しみなく使っているため、ギガントデーモンの皮膚はあのころと違い、あっさりと切り裂《さ》かれていく。

「もう、あの時の私とは違いますっ！」

あの時の個体とは別であるということはもちろんキャロもわかっている。

しかも、このギガントデーモンたちがあの個体となんらかの繋《つな》がりがあるとも思っていない。

ただの八つ当たりに近いものなのかもしれない。

だが、ここでギガントデーモンと戦うことに彼女は運命じみたものを感じている。

過去の弱かった、なにもできなかった自分と真の意味での決別ができる、と。

「当たりませんっ！」

ギガントデーモンの巨大《きょだい》こん棒による攻撃をあっさりと回避《かいひ》し、そのこん棒すらも短剣《たんけん》の連撃《れんげき》でバラバラに切り刻んでいく。

「今日は、私の前に現れたことを後悔《こうかい》して下さいっ！」

あの時戦うことすらできなかった自分が心も身体も強くなったことを自覚し、そして過去を乗り越《こ》えるために必要な儀式《ぎしき》がこれであるとキャロは全力を尽くす。

その結果として、一体、また一体とギガントデーモンは倒《たお》されていく。

バルキアスは、同じ動物系ということでヘルドッグたちを相手どっている。

ヘルドッグは連携して攻撃をしているが、噛みつこうにも爪《つめ》で切り裂こうにも、バルキアスの動きが速すぎて攻撃を当てることができずにいる。

苦《くる》し紛《まぎ》れに口から炎を吐き出すので精一杯《せいいっぱい》だった。

『そんな炎、イフリアの炎に比べたら熱くもなんともないよ！』

バルキアスはフェンリルの力と白虎《びゃっこ》の力を身に纏っているため、炎に触《ふ》れても打ち消しており、熱さも感じていない。

それによってヘルドッグたちは、バルキアスによってあっさりと倒されてしまっている。

名前のあがったイフリアはといえば、マンティスクイーンと戦いを繰《く》り広げていた。

『なかなか鋭い鎌《かま》のようだが、我《わ》が炎の前にはさしたる問題ではないな』

自らの炎に朱雀《すざく》の力を上乗せし、カマキリの鎌をあっけなく溶《と》かして鋭さを失わせる。

『ギョギョッ！』

それに驚《おどろ》くマンティスクイーンだったが、それに気を取られていることは大きな隙《すき》となっており、その間にイフリアの爪によって反対に身体をずたずたにされてしまう。

このようにアタルパーティのメンバーは圧倒的《あっとうてき》な力で魔物たちを倒していたが、次第《しだい》にレジスタンスは押し込《こ》まれていく。

「くっ、みなさん頑張《がんば》って下さい！」

キルですら、デスナイトとなんとか戦えてはいるが、手を貸す余裕《よゆう》はない。

そのため、仲間にかける声もこのような精神論だけになっていた。

「――援護《えんご》するから、気を抜くな」

アタルはなるべく押し込まれているレジスタンスを助けるように弾丸《だんがん》を放っている。

レジスタンスたちはバラバラに戦っているため、さすがに全てを攻撃できるわけではなく、どうしてもやられてしまう者も出てきてしまう。

「これはなかなか厳しいな……だが、あいつが頑張っているなら俺たちが音を上げるわけにはいかないいな！」

アタルは、倒す際にライフルを使い、援護のためにはハンドガンも使って先ほどまで以上の速度で弾丸を撃ちだしていく。

「……コウタ、早く、あいつを！」

ボロボロになりながらも戦うキルも自分たちが限界に来ていることを感じ取っており、コウタが早く魔王を倒してくれることを願っている。

「勇者とやらがどんな存在なのかはわからんが、力を持っているのは確かなようだな」

魔王はコウタをしげしげと眺《なが》めて、力を分析《ぶんせき》していく。

その間も闇の力を発してコウタのことを挑発《ちようはつ》していた。

「そういうそっちこそ魔王なんていう名前にピッタリなくらい禍々しい力を持っているようだね」

それに対してコウタは全く怯《ひる》むことなく、むしろ笑顔《えがお》を見せるくらいの余裕を出して同じく聖なる力を発して魔王の力を押し返している。

「相反する力を持っている者がここに向かい合っている。ならば、どちらが強いか決めねばならぬな」

　この世界で最強と思える力を手に入れた魔王は、自分の力がどれほどのものか試《ため》したいと思っていた。

　その相手として、最も適した相手が目の前にいる。

「僕《ぼく》としては、強さはどっちでもいいけど……ただ、帝国民《ていこく》を長く苦しめてきたあなたのことを許すことはできない！」

　コウタはこの世界に転生したが、両親は帝国での苦しい生活に耐えられず亡《な》くなってしまった。

　彼の友も仲間も同じく、この国で命を失っていった。

　そんなみんなの命を背負っているコウタは、決して負けないと心に決めていた。

「ふん、最初に見た時はただのガキだったが、今は悪くない顔をしている。どれ、相手をしてやろう。かかってくるといい」

　魔王はあくまでも不遜《ふそん》な態度でコウタを格下に見ている。

「面白いね。その余裕、いつまで続くかな！」

　魔王という圧倒的な存在を前にしても楽しそうに笑うコウタは、聖剣を持つ手に力を込めて、みんなの思いを胸に真剣《しんけん》な表情で魔王へと向かっていく。

「くらえええええ！」

「ふんッ！」

上段から振り下ろされたコウタの一撃を魔王が魔剣で受け止める。

「この程度か」

決して弱い攻撃ではないが、魔王からしてみると物足りなさを覚える程度のものだった。

「まだまだあ！」

一撃で倒せるとは思っておらず、一撃で攻撃を終わらせるつもりもないコウタは、連続して剣戟《けんげき》を繰り出していく。

上段、中段、下段、けさ斬《ぎ》り、横薙《よこな》ぎ、突き、フェイントを交えての攻撃。

「速度は上がったようだが、その程度ではな」

それらは全て魔王によって防がれてしまう。

「くそっ！」

力は強くなっているはずなのに、魔王に届かない。

そのことがコウタを焦《あせ》らせている。

「貴様の攻撃はその程度のものなのか？　ならば、今度はこちらからいかせてもらおう」

簡単に防げるような攻撃しかしてこないコウタに飽きてきたのか、魔王は自ら攻撃へと移っていく。

「ふん」

魔王が魔剣を縦に振る。

コウタまで数メートルの距離《きょり》があったが、魔剣から繰り出された闇の衝撃波が彼に向かっていく。

「こんなもの！」

それを聖剣《せいけん》で迎撃《げいげき》する。

「んぐぐ……！」

コウタは聖剣ならば容易に打ち消せると思っていたが、押し込まれてしまう。

「ぐううう、はあ！」

ギリギリのせめぎあいの中で聖剣の力を発動して、やっとのことで消すことに成功した。

「ふーむ、この程度の攻撃でそこまで苦しむとは思わなかったな。はあ……」

期待以下の実力であるのを見て、魔王は呆《あき》れたようにため息をついてしまう。

「勇者などと息巻いてきたからどれほどのものかと思ったが――」

まるでゴミを見るような視線をコウタに向ける。

（くそ、言い返せない……）

まだ勇者というのを自覚したばかりの自分が不甲斐《ふがい》ないということがわかっているため、コウタの心に弱音が降ってくる。

「こんな僕でも勇者なんだ――絶対に、負けられない！」

それでも、こんなところで心が折れるくらいなら、もっと早い段階で逃《に》げ出していた。

脳裏《のうり》に思い浮かべるのはキルをはじめとするレジスタンスのメンバーたち。

ただの子どもでしかなかった自分を信じて、みんなここまでついて来てくれた。

だから、どれだけ相手が強くても、どれだけ自分が弱くても、どれだけ勝ち目がなかったとしても諦《あきら》めるわけにはいかない。

そこに同郷のアタルがかけてくれた言葉も同時に背中を押してくれていた。

そのみんなの想《おも》いが、コウタを奮い立たせる。

『誰かを思う、その優《やさ》しき勇気こそが勇者の力の根源なり』

みんなのことを思い浮かべていたコウタの脳に突如《とつじょ》として聞こえてきた声は、先ほど聖剣に呼びかけたときに聞こえた力強く優しい声だった。

それと同時に時間が止まる。

（えっ、これは……みんなの動きが止まってる？）

（ふふ、お前が当代の勇者か。確かにゆるぎない正義の心を持っているようだな）

時間停止した世界で一人、意識があるのに声も出せずに戸惑うコウタの前に姿を現したのは半透明《はんとうめい》の成人男性だった。

歳《とし》と身長はアタルと同じくらい。

ハーフアップに結《ゆ》い上げられた金の髪はやや長めで、穏やかで聡明《そうめい》な顔立ち。

そして白と金の鎧《よろい》を身に着けている。

(あなたが先代の勇者様、ですか?)

この問いかけに、半透明の男はふっと笑いながらゆっくりと頷《うなず》く。

(そうだ、といっても遥《はる》か昔のことだ。その時も私が魔王と戦った。あの魔剣とは違う剣《けん》を使っていたが、その時の魔王もかなり強かった)

思い出話をするような気楽さで先代勇者が話す。

(どうすればいいんでしょうか?)

このまま戦っても勝てるとは思えない。

それでもあきらめるわけにはいかない。

だから、打開策はないかと、藁《わら》にもすがる思いで先代勇者に尋《たず》ねる。

(うむ。とりあえず聖剣がお前を勇者として認めたのは確かだ。それでも、この魔王に勝てないのは、お前と違い、あいつは魔剣の力を全て引き出しているからだろうな)

そう言われて、魔王が持つ魔剣を見ると、今も禍々しい淀んだ濃紫《こむらさき》のオーラを強く纏っているのがわかる。

それに対して、コウタが持つ聖剣は神々《こうごう》しい光を放っているが、どうにも魔王のそれより弱々しく見える。

(あいつはどうにも魔剣との相性《あいしょう》が良いらしい。恐《おそ》らく歴代の魔王の中でも最も相性がいいのだろうな。だから、すぐに力を引き出せていると見た)

それが先代勇者による魔王と魔剣に対する評価だった。

(そんな……じゃ、じゃあ、僕はどうしたらいいのでしょうか?)

相性の問題だと言われてしまえば、コウタにはどうすることもできない。

動けないコウタだが、あまりの悔しさに心が折れそうになるのを感じていた。

せっかくみんなが勇者として自分を認めてくれて、魔王を打ち倒すことを期待してくれているのに、聖剣との相性の問題でやっぱりだめでした、なんて認めたくなかった。

(いやいや、そこまで悲観的になることもあるまい)

(えっ……!)

(コウタと聖剣リズリアの相性は悪くない。悪くないどころか、むしろいいはずだ)

(リズリア、というんですね)

この聖剣の名前を初めて知ったコウタは呼びかけるように名を口にして祈った。

すると、剣を持つ手がじんわりと温かくなる。

（おや、そういえば名前も知らなかったのか。ならば、力を引き出しきれないのも当然のこと。ほら、名を呼んだからか見えるはずだ、お前のすぐ隣《となり》にいるだろう？）

そう言われてコウタが横、というより腰《こし》のあたりの高さを見る。

（やっほ）

するとそこには、金髪《きんぱつ》をサイドテールにしている少女がぴょこんと顔を出して手を振る姿があった。

しかも、左右に一人ずつ、計二人。

（左側を縛《しば》っているのがリズ。右側を縛っているのがリアだ）

先代勇者が紹介《しょうかい》してくれるが、次の瞬間《しゅんかん》ぷくりと頬《ほお》を膨らませた二人が先代勇者の脛《すね》のあたりを蹴《け》っ飛ばす。

（ぐうっ！　どうしたんだ、お前たち）

半透明で、恐らく霊体《れいたい》である先代勇者は苦悶《くもん》に顔を歪《ゆが》める。

（私がリア！）

（私はリズ！）

(おや、そうだったかな？　久しぶりだから間違《まちが》えることもあるだろう)

紹介とは正反対だったようで、二人は心底怒っており、先代勇者はなんとかなだめようとしている。

(あ、あの、お二人がこの聖剣様だということは、なんとなくわかりました。そ、それで、今は、僕はあの魔王と戦闘《せんとう》中でして、力を貸していただけないかと……)

力を貸してもらう立場であるため、コウタはなるべく丁寧《ていねい》な口調を心がける。

(リアはやだっ)

(リズもいやっ)

しかし、帰って来た答えはまさかの強い拒否《きょひ》。

相性がいいと聞いていただけに、問答無用で切り捨てられて愕然《がくぜん》としていた。

(えええええっ！　ど、どうしてですか？)

二人の機嫌《きげん》を損《そこ》ねてしまったのかと、コウタはさっき言った言葉を思い出しながら、あわあわしている。

(むー、さっきの呼び方嫌《いや》なのー！)

(私たちのこと、聖剣様って呼ぶなんて！　全然可愛《かわい》くない！)

(……えっ？)

まさかの呼び方に不満を持っているとは思っていなかったため、コウタはポカンとして口をあけてしまう。

（あぁ、こいつらはそういうやつらなんだよ。悪い子たちではないんだが、気に入らないことはとことん嫌らしい。私も昔は苦労した）

その頃《ころ》の苦労を思い出しながら先代勇者は困ったように笑う。

（えっと、それじゃあ、リア様とリズ様？）

言い方を修正してみる。

（様はいらないの！）

（様がついたらなんか偉《えら》そうでいやっ！）

これでも不満らしく、二人の不興を買ってしまう。

（じゃ、じゃあ、リアとリズなら、どうかな？）

コウタは申し訳なく思いながらも、二人のことを呼び捨てにする。

（んふー、いいかも！）

（うんうん、いいね！）

どうやらこれが正解だったらしく、嬉しそうに頬に手を当てた二人は上機嫌《じょうきげん》だ。

（その、それで、さっきの話に戻《もど》るけど、僕はあそこにいる魔王と戦っていて負けそうだ

から二人の力を貸して欲《ほ》しいんだ)

どうにも二人と話すには気安いほうがいいと感じたコウタは、砕《くだ》けた言葉でお願いしてみる。

(いいよー)

(わかった!)

リズもリアも頼《たよ》られてうれしいのか、魔王をじっと見たあと、コウタに笑顔を見せて今度は素直《すなお》に受け入れてくれる。

(これでなんとかなりそうだな。あとはお前次第なわけだが……)

先代勇者はリズリアの協力が得られるということで安心しているが、最後のカギである勇者本人のコウタがどうなるかだけ不安に思っているようだった。

(その、僕って頼りない感じですかね?)

先代勇者の彼を見ていると威厳《いげん》と頼《たの》もしさにあふれている。

若いコウタにはないそれは、レジスタンスのリーダーをしているときからちょっと彼自身が気にしていた部分でもあった。

(あー、いや、そういうことじゃないんだが……まあ、すぐにわかるだろう)

そんなやりとりをしていると、先代勇者の身体が徐々《じょじょ》に薄《うす》くなっていることに気づく。

（えっ、もう？　というか、どれくらい経《た》ったんだろ？　いや、もっと色々聞きたいことがあるんですが……！）

混乱しながらも、焦《あせ》ったコウタはもっと話したいことがあった。

（ははっ、そう言ってくれるのは嬉しいよ。だがね、この私はお前の勇者としての心が呼び覚ました魂《たましい》の残滓《ざんし》でしかない。かろうじて聖剣に残っていたから少しだけ話すことができただけでな）

はるか昔に亡くなった存在であり、コウタと話せていること自体が奇跡《きせき》なのだ、と。

（じじいはさっさと帰れー！）

（あの世で休めばいいの！）

イーッと歯をむき出しにしているリズリアは辛辣《しんらつ》な言葉を投げかけるが、今のことは今の人間がなんとかするべきだと思っているための言葉である。

（ふっ、お前たちに最後に会えてよかったよ。コウタを頼んだ。私はここでお別れだが、ずっと見守っているよ、勇者コウタ……）

その言葉を最後に先代勇者は姿を完全に消した。

コウタは彼がいた場所をぼんやりと無言で見ている。

（ぼーっとするなー！）

（もう少しでこの時間は動き出すんだからねっ）

（ど、どうすればいいの？）

急に始まったこの時間が、これまた急に終わると聞いて、動き出したらどうすればいいのかわからないコウタは慌《あわ》てていた。

（大丈夫《だいじょうぶ》だよっ）

（戻ればわかるから！）

それだけ言うと、リズリアの二人はぎゅーっとコウタに抱《だ》き着くと、そのまま姿が見えなくなっていく。

（………うん、わかった）

先代勇者が頑張れと言ってくれた。

聖剣の二人が力を貸してくれると言った。

だから、あとはコウタが覚悟《かくご》を決めるだけ。

（それが先代の言いたかったことだよね）

お前次第というのは、本気で戦えるかどうかという覚悟の確認《かくにん》だと察して、コウタは改めて聖剣とともに戦うことを誓《ちか》う。

（動くよ）

脳に届いたリズリアの声とともに、時間が戻る。

「——も、戻った」

「戻った……？　なにを言っている？　いよいよ、頭がおかしくなったのか？」

既《すで》にコウタから興味を失っている魔王《まおう》は、訝《いぶか》しげな顔でそんなことを言ってきた。

ずっと動けずにいたコウタは急に動けるようになって少し呆然《ぼうぜん》としているため、戦いから意識をそらしている彼に苛立《いらだ》っているようだ。

「もう、終わりだ。死ね」

殺す、倒す、消す。

全てを終わらせる意志を込めて、まるで虫けらを見るような視線を向けた魔王は魔剣《まけん》を勢いよく振《ふ》り下ろした。

少し腕《うで》を振るっただけで人を何人も殺せるほどの力を持つ魔王。

それの比にならないほど、巨大な闇《やみ》の衝撃波《しょうげきは》がコウタへと向かって飛んでくる。

「くそっ！」

巨大な攻撃《こうげき》を前に歯を食いしばったコウタも剣を振るうが、最初の衝撃波に押し込まれたことを思い出すと、こんな行動は意味がないだろうとすら思えていた。

しかし、コウタにとってはいい意味で予想外のことが起こる。

先ほどまでとは違《ちが》う洗練された輝《かがや》きを見せた聖剣は闇の衝撃波をあっさりと受け止め、流れるようにそのまま上方向へとはじき返した。

「……えっ？」

思わずコウタは変な声を出してしまう。

先ほどはなんとかギリギリ対応できたというレベルだったが、今は軽々とはじき返せる。

（コウタ、これくらい当たり前だってば！）

（コウタ、戦いに集中して！）

ぼんやりしているコウタに怒《おこ》ったようなリズリアの声が脳内に響《ひび》いてくる。

彼女たちが頬を膨《ふく》らませながら大きな声を出しているのが容易に想像できた。

「——二人の声が聞こえてくる？」

急に独り言を言い始めたコウタ。

その様子は、他の者たちから見ると、異様なものに映っている。

「……おい、貴様。なぜ今の攻撃を返せた？」

しかし、魔王はコウタがおかしいかどうかよりも、魔王として最強になったはずの自分の攻撃に対応できたことが気になっていた。

「いや、その、なぜと言われても……」

（ふっふーん、私たちのおかげだもん！）

（ふっふーん、あれくらいの攻撃なんか効かないよね！）

またもや脳内に聞こえてくる二人の声はどこか自慢《じまん》げである。

（も、もしかして、剣から僕だけに声が届いているのかな？）

（（そうだよ？））

この問いかけに対する答えを二人が返してくれる。

（じゃ、やっぱり、さっきのやりとりは本物で、二人が僕に力を貸してくれているってことだね？）

（（うん、そうだよ！））

心の中で話しかけると間髪《かんはつ》を容《い》れずに二人が返事をくれる。

時間停止して邂逅《かいこう》したあの時間は夢じゃなかったんだとコウタに教えてくれていた。

「……ふふっ」

コウタはふいに笑《え》みがこぼれてくる。

仲間が周りにいるとはいえ、それでも魔王との戦いは勇者たる自分だけのものだと思っていた。

そこに叱咤《しった》激励《げきれい》するようなリズリア二人の声が聞こえてきて、力を感じる今。

本当の意味で一人じゃないことを実感していた。

「おい、貴様。なにを笑っている！」

馬鹿にしていると思ったのか、魔王がコウタに怒鳴《どな》りつける。

「いや、ごめんごめん。なんというか、急に心強くなったからさ」

苦笑《くしょう》交じりの謝罪とともに返答するコウタ。

魔王からすればまともに質問に答える気のないように感じられたため、怒《いか》りの表情でコウタのことを睨《にら》みつけた。

「この状況でよくもそんな舐《な》めた口をきけたものだ。さっさと、殺してやる！」

先ほどの一撃はマグレだと切り捨て、魔王はコウタへと向かって剣を振るう。

今度は複数の闇の衝撃波が向かっていった。

「これくらい！」

それらはあっさりとコウタの攻撃によって打ち消される。

先ほどは咄嗟《とっさ》だったために弾《はじ》く形となったが、それでは仲間に被害《ひがい》が出るかもしれないと、聖剣の力をぶつけての相殺《そうさい》を選択していた。

「な、なんだと……!?」

あっさりと攻撃を防がれたことに、魔王は困惑《こんわく》していた。

「魔王が魔剣を使いこなしているように、勇者である僕が聖剣を使いこなせるようになった——ただそれだけのことだよ」

魔王の困惑に対する答えを笑顔で返すくらいには、コウタに余裕ができていた。

「さあ、それじゃ今度はこっちから攻撃させてもらおうかな。二人とも、行くよ！」

（任せて！）

（あんなやつ、倒しちゃおー！）

勇者として聖気をまといだしたコウタの呼びかけに、とびきりの笑顔で二人が応える。

「うおおおおお！」

力が身体中《からだじゅう》に漲《みなぎ》っているコウタは、走る速度も上がっており、魔王との距離を数瞬《すうしゅん》で詰《つ》めることに成功していた。

そして、力を込めて振り下ろされる聖剣はコウタが以前使っていた魔法剣《まほうけん》よりも強く光り輝いている。

「——ぐっ！」

今度は魔王がその一撃によって押し込まれてしまう。

形勢が逆転していると感じた魔王は困惑がどんどん強くなっていく。

「ほらほら！」

ここを攻《せ》め時と判断したコウタは押《お》し込まんとばかりに何度も剣を振るう。

「この、少し力を使えるようになったからといって、調子にのりおってえええ！」

なんとか一撃だけ力を強く込めて弾《はじ》き飛ばすように後退すると、コウタから少しだけ距離をとった。

「まだだよ！」

少し距離ができたものの、体勢を立て直したコウタは攻撃をやめずにすぐに動き出す。

「ぐおおおおッ！　魔剣ダロスよ、我に力をッ！」

聖剣の力を引き出したというのであれば、自分も同じことをすればいいと、魔剣に呼びかける。

すると、魔剣からぶわっと噴《ふ》き出すように強力な闇の魔力《まりょく》が生み出されて、魔王の身体すべてを覆《おお》っていき、そのまま闇の鎧が作り出された。

「そんなものを装備したからといって！」

新たな鎧を前にしてもひるむことなく、コウタは構わずにリズリアで攻撃をしていく。

「ふん！」

先ほどまでコウタに押され気味だった魔王も今度はまともに受け止める。

「ここからが本当の戦いってところだね！」

コウタの身体もいつの間にか聖なる白き鎧が纏《まと》われている。

勇者と魔王の、聖剣リズリアと魔剣ダロスの、レジスタンスのリーダーと圧政を強《し》いる皇帝《こうてい》の。

この国の命運をかけた戦いは、熾《し》烈《れつ》を極《きわ》めると同時に結末へと向かっていた――。

第七話　戦いの果てに

広い地下の空間に響きわたるのは、剣と剣がぶつかりあう音、そしてそれを振るう二人の息づかいだけだった。

アタルたちとレジスタンスが戦っていた魔物《まもの》たちは、いまや全て地に伏《ふ》している。

その戦いを、生き残った全員がコウタの戦いの邪魔《じゃま》にならない少し離《はな》れた位置から見守っていた。

残った者たちで一気に魔王に襲《おそ》いかかれば倒せるかもしれない。

場を有利にできるかもしれない。

そんな考えもよぎったが、それはアタルとキルが止めていた。

二人の戦いは最終決戦ともいえるような、壮絶《そうぜつ》なものである。

剣と剣がぶつかった衝撃波だけでも、人を殺せるだけの力を持っていた。

その中にうかつに入り込めば、ただただ被害が広がってしまう。

それどころか、単純にコウタの戦いを邪魔してしまうことになる。

だから、自分たちのリーダーを信じて任せよう――それが二人からの言葉だった。

「はあ、はあっ、はぁっ……！」

剣戟の応酬《おうしゅう》を続けてきたコウタの呼吸は肩《かた》を大きく揺《ゆ》らすほど乱れている。

「ふう、ふう、ふう……」

それは魔王も同様であり、どちらもが死力を尽《つ》くして戦っていた。

呼吸は乱れているものの、剣を振るう瞬間、受ける瞬間には互《たが》いが呼吸を止めて瞬間的《しゅんかんてき》に全身へと力を入れている。

「ふっ！」

「くっ！」

「はあ、ふう」

魔王と勇者のあまりの熱戦に、気づくと見ている者たちまで息を呑《の》むほど力が入っており、同じように呼吸を止めたり息を吸ったりしていた。

それはキャロやリリアも同様であり、呼吸は通常通りだがサエモンも握《にぎ》る拳《こぶし》に力が入っている。

「やあああ！」

「その程度かあああッ！」

剣と剣がぶつかると火花とともに、聖属性と闇属性の魔力が拮抗《きっこう》して飛び交《か》っていく。

双方《そうほう》が全力であるため、まともに一発喰《く》らえば吹《ふ》き飛んでしまいそうな迫力《はくりょく》がある。

それほどの力強さで戦っている状況《じょうきょう》で、どちらかが一瞬《いっしゅん》でも気を抜《ぬ》いてしまったら、油断して全力を出すことをやめてしまえば、一気に瓦解《がかい》してしまうことは明らかだった。

しかし、どうしても体格差というものが存在している。

魔王は成熟しきった大人の肉体であり、成長などは既に終えている。

その身体に、これまで長年帝国民や領から吸い上げてきた大量の魔力が十二分に蓄《たくわ》えられていて、魔王へと進化したことで体力にもだいぶ余裕があった。

対して、コウタはまだ成長期であり、これから最高の状態に向かっていく。

いくらリズリアの助けを得たとしても、元々持っているサイズの違いは大きかった。

その差が、徐々に戦いにも現れていく。

「はあ、はあ！　——くっ」

「ふう、はっ！」

どちらも呼吸は乱れているものの、小さな部分ではあるが魔王が優勢になる状況が少しずつ増えてきていた。

コウタが受けきれず、小さな傷を負っていく。

傷といってもかすり傷程度で、痛みに関してもアドレナリンが出ているこの状況ではそれすらも感じていない。

だが、この小さな差はやがて大きな違いになっていくと気づいている者がいる。

周りが固唾《かたず》を呑んで二人の戦いを見守っている中、アタルはこっそりと少し離れた位置に移動していた。

（どうした？）

それに唯一《ゆいいつ》気づいたのは契約《けいやく》しているイフリア。

（勇者と魔王の戦いにみんなが集中しているのはいいんだが、どうにも状況が不安でな）

（不安……？）

コウタが聖剣の力を完全に引き出して全力で戦っている。

それのどこに不安があるのかとイフリアが首を傾《かし》げる。

（コウタはよくやっているし、あの聖剣もかなり強いが……どうにも拮抗しすぎているような気がする）

そう言われてイフリアは改めてコウタたちの戦いを見る。

数撃コウタが攻撃すると、今度は魔王が反対に、という形でほぼ同等の戦いが繰り広げられていた。

（ふむ、確かにそのとおりだな）

そう言うと、それ以上は質問せず、移動し続けるアタルの後ろを追っていた。

戦いが始まったときから、体格差の問題はアタルも気づいていた。

レジスタンス側は生き残りが多数いるが、あの戦いに割って入るのは、仮にキャロやリリアやサエモンだったとしても難しい。

もしここで動ける人物がいるとしたら、遠隔《えんかく》から援護《えんご》できる自分しかいないと思っていた。

だからこそ、コウタと魔王のどちらからも見えにくい位置へと移動していく。

（このあたりがいいか）

全員が戦いに見入っているため気づかれることはないだろうが、あえてアタルは口を開かず、イフリアとの意思疎通《そつう》には念話を使う。

アタルが位置どったのは、人垣《ひとがき》から離れた場所。

なおかつ、コウタの視界に入らないよう斜《なな》め後方。

（少し高い方がよいだろう。私を台にするといい）

（助かる）

目立たないように、しかし人垣を避《さ》けて狙《ねら》えるような位置をとっていく。

構えたスコープを覗《のぞ》き、二人を確認する。

ひとつ深呼吸する。

今度は吸って、吐《は》いて、吸って、吐いて、その力を徐々に抑《おさ》えていく。

そして、自然に溶《と》け込《こ》んで気配を消す。

その様子を一番近くにいるイフリアも気配を抑えて静かに見守っていた。

勇者と魔王の激戦、みんなの息を呑む様子がとても遠くに感じられるほどの静寂《せいじゃく》。

全員の意識が完全にコウタたちの戦いに向いている。

「これで、終わりだあああ！」

そのタイミングで魔王は全力の一撃《いちげき》をコウタに打ちおろした。

「それくらい！」

この攻撃も全力で受ければ耐《た》えられる――コウタはそう思って聖剣で受け止めた。

「――うぐっ」

しかし、魔王の全力に押されて膝《ひざ》から力が抜け、ガクンと右膝から折れてしまう。

「はっ、やはりその程度だったな！」

ここで自力の差が出て、コウタに隙《すき》ができてしまった。

気をよくした魔王は鼻で笑いながら意気《いき》揚々《ようよう》と次の剣戟を放とうと構える。

振り下ろされる魔剣がコウタの目にはスローモーションのように映っていた。

「くそっ！」

（もう、ダメか）

悔《くや》しさから自然と声が出てしまう。

攻撃を受け止める準備ができていたからこそ、今までまともに戦いあうことができていた。

しかし、膝折れした状態では踏《ふ》ん張ることができず、攻撃を受け止めることができない、と絶望が襲っている。

「きゃあああっ！」

「や、やばい！」

「コウタあああああ！」

レジスタンスのみんなもそれは同様であり、絶望に押しつぶされそうになっていた。

コウタが勝つかもしれない。

コウタが勝てば国が変わるかもしれない。

そんな思いを抱いていただけに、コウタが負けるかもしれないという瞬間は、目をつぶる者が現れるほどに辛《つら》いものだった。

（させない）

そのタイミングで、アタルは二発の弾丸《だんがん》を放つ。

この二発が飛んでくるのは、魔王からは確認できていた。

しかし、魔王はすぐに意識から外す。

弾丸の軌道《きどう》は完全に魔王から外れているため、自分の障害になるとは思えなかった。

（よく見えているな）

その判断はアタルにも伝わっており、魔王がコウタに集中しているのがわかる。

「見えているおかげで、助かった」

アタルが放った弾丸の種類。

身体強化弾《だん》（玄《げん》）。

魔力強化弾（玄）。

それはこの二種類。

いつもの強化の弾丸に神の力を込めている。

コウタには勇者としての力が備わっており、聖剣はその力を振るうために相応《ふさわ》しい武器であることは間違いない。

しかし、邪悪《じゃあく》な存在と戦ううえで、彼《かれ》は神の力を持っていない。

「コウタ、まだやれるぞ」

その弾丸で狙った先はコウタの背中。

膝をつくコウタに当たった弾丸は瞬時《しゅんじ》に効果を発動する。

「うおおおおおお！」

その瞬間、コウタは強化と玄武《げんぶ》の力を受けて、雄叫《おたけ》びのような声を上げて立ち上がる。

「なに⁉」

体力も魔力も気力も限界に陥《おちい》っていたはずのコウタが瞬時に息を吹き返し、むしろエネルギーに満ち溢《あふ》れていることに魔王は驚《おどろ》いてしまう。

「まけ、ない！」

そのままコウタは目の前に迫《せま》る魔剣をギリギリのところで受け止め、強く弾きあげた。

「ぐっ！」

想定以上の力に魔王の剣を持つ右手も上に上がってしまっている。

この状態ではまずいと、魔王は後方に飛んで距離《きょり》をとろうとした。

「させないぞ！」

しかし、目にもとまらぬ速さで飛び出したコウタは既に次の攻撃に移っており、振り下ろした聖剣《せいけん》が魔王の胸に大きな傷を作る。

「ぐおおおお！」

そこから、黒い血が勢いよく飛び出していく。

「ぐううう、だが、まだだ！」

魔王は胸に力をいれて、闇の力で焼け焦《こ》がしながら無理やり傷を塞《ふさ》いだ。

体力を使うが、血を失って動けなくなるよりはましだと、少々強引《ごういん》な手法をとる。

「ふう、ふう、まだ、一撃くらった程度だ……」

口《くち》の端《はし》から血をにじませながらも魔王はニヤリと笑う。

虚勢《きょせい》ではあったが、それでも舐められるわけにはいかない。

だから、平静を装《よそお》って再び剣を握る手に力をいれる。

「そっちはそろそろ限界だと思うけど？」

コウタは先ほどまで限界だったが、アタルの援護のおかげで戦う力を取り戻している。

強化されたことで背中に翼《つばさ》が生えたかのような身軽さを感じている。

「ふん、あの男がなにかをしたようだが、それも長くは続くまい」

魔王は自分が見逃《みのが》したアタルの弾丸によってコウタが息を吹き返したのはわかっていた。

だが、恐らくそれも一時的なドーピングのようなもので、ずっと続くものではないだろうと魔王は考えている。

「そして、我にはまだ力がある」

そう言って魔王がトンッと軽く足を鳴らした瞬間、アタルたち、そしてレジスタンスが倒《たお》した魔物の身体が地面にずぶずぶと吸《す》い込まれ、赤黒い魔法《まほう》の光となると、魔王の足元へと集まっていく。

それを吸収して恍惚《こうこつ》とした表情になった魔王は再びギラギラとした悪意を向けてくる。

「お前たちが力の供給源を作ってくれた。これで、我もまだ戦える」

「っていっても、きっとそれも長くは持たないよね？」

最初に吸収した力は国中から集めた力であるため、長く使うことができるが、ここで吸収したものはこの場にいた魔物のものだけである。

「つまり、そろそろ終わりが近いってことだよ」

「戯言《たわごと》を……勇者などといったふざけた存在など今ここで丸ごと消し去ってやろう」

これに関しては、コウタ、魔王ともに相手を倒すという点では同意見だった。

「じゃあ、全力でやろうか！」

「あぁ」

ここまで来ると、コウタと魔王は互いのことを認め合っており、自分の力を使ううえで最高の相手との戦いを楽しんでいる。

それも最後となると、悔《く》いの残らないように全力を出す、と互いに強く心に決めていた。

「うおおおおお！　聖剣リズリア、力を貸してくれ！」

「おおおおお、魔剣ダロスよ、やつを倒すだけの力を！」

それぞれが内にある力を最大限に燃焼《ねんしょう》させ、互いの武器に呼びかけその力も最大限に使おうとしている。

互いの属性に満ちた光が力強いオーラとなって彼らを包み込む。

勇者と魔王。

光と闇。

白と黒。

それが同時に地面を蹴る。

衝突《しょうとつ》したと思った次の瞬間、二人は交差して相手の後方へと駆《か》け抜け、そしてすれ違っていったかと思うと、そのままの姿勢で止まった。

全員が呼吸を忘れ、この戦いがどちらに軍配があがったのかを見守っていた。

次の瞬間、片膝《かたひざ》をついたのはコウタ。

「ガハッ！」

そして、吐血《とけつ》する。

「コウタ！」

「リーダー！」

レジスタンスのみんなが声をあげて駆け寄ろうとしたが、口元の血をぬぐうことなくコウタがすぐに左手を横にあげてその動きを制止した。

「グハアッ！」

次の瞬間《しゅんかん》、コウタ以上に大量の血を吐き、胸から先ほど以上の血しぶきをあげたのは魔王だった。

その左胸には大きな穴が開いている。

先ほどの一瞬の交錯《こうさく》で、魔王の横薙《よこな》ぎの攻撃が先に当たっていたが、コウタはあえて脇腹《わきばら》で受けられるようにそこに防御《ぼうぎょ》の魔力を集中させていた。

完全に防ぐことができなかったため、多少のダメージを受けることになったが、それ以上にコウタが繰《く》り出した突《つ》きが魔王の胸に大きな穴を開けるほどの結果を残す。

「み、見事、だ。……がはっ！」

まさかの結論だと嘲笑《ちょうしょう》した魔王は立ったまま、コウタに振り返って、彼のことを讃《たた》える。

「はあ、はあ、はあ、はあ……」

コウタは勝ったものの、立つのもきつく、聖剣を使ってなんとか立ち上がる。

全員が勝利を確信したその瞬間、魔王がカッと大きく目を見開いた。

ギラリとした魔王の目からは力が失われておらず、魔剣にも魔力が流れていく。

「だが、我の勝ちのようだな！」

最後の反撃《はんげき》だと言わんばかりに、胸に大きな穴を開けたままの魔王はその体からは想像できないほどの速さでコウタへと近づき、残りの力を全てこめて魔剣を振り上げている。

「――えっ？」

コウタはなんとか後ろを振り向くが、聖剣に体重を預けるほどもう彼に力は残っておらず、それに対応することができない。

見ている全員が、なにもできない、もう駄目《だめ》だという絶望感に声すら出ない。

「……だと思ったよ」

その中で冷静に状況を見ていたアタルだけはこうなることを予想しており、既に弾丸を撃ちだす準備をしていた。

「スピリットバレット（玄）」

それは真っすぐに魔王の頭に向かっていく。

「ハッ……やはり、お前が最後のカギだったか……」

魔王はコウタを勇者として認めて戦っていたが、アタルの存在は常に頭のどこかにひっかかっていた。

アタルを先に倒さなかったことが、今回最大の敗因だったと魔王に認識《にんしき》させる。

しかし認識できた時には既に遅《おそ》く、アタルの弾丸は魔王の頭を打ち抜いてふらつかせた。

「コウタ、反対の胸を潰《つぶ》せ！　そこにもう一つの心臓がある！」

「わかりました！」

（僕《ぼく》は既に二度死んだも同然だ。ここでやらなければ、なにもならない！　リズリア！）

その想《おも》いが、コウタに最後の力を絞《しぼ》り出させる。

「うおおおおお！」

呼びかけたリズリアは彼の願いに応えて手助けし、その一撃が魔王の反対の胸を貫《つらぬ》いた。

剣先《けんさき》が第二の心臓である魔核《まかく》にぶつかり、そのままパリンという音とともに粉々に砕けちった。

「くっ、これで、終わり、か……」

この言葉を最期《さいご》に目から光を失った魔王はその場に倒れて、ピクリとも動かなくなる。

「…………勝った、んだよな？」

誰《だれ》かがそう呟《つぶや》く。

フラグであるかのような言葉ではあるが、なにも起こらない。

「や、やった……！」

別の誰かが恐《おそ》る恐る声をあげる。

するとそれを皮切りに全員が大きな歓喜《かんき》の声をあげて、喜び始めた。

「はあ、さすがに、疲《つか》れた……」

勝利の歓声《かんせい》を聞いたコウタは身体から力が抜けて、ドサッとその場に座《すわ》り込んでいる。

「コウタ！　やりましたね！」

そんな彼のもとにキルがやってきて、涙《なみだ》を浮《う》かべながら嬉《うれ》しそうに抱き着いた。

他の幹部たちも次々にコウタのもとへと集まってくる。

これで、皇帝による悪政は終わりをつげ、帝国《ていこく》が良い方向へと進んでいく。

そう誰もが思った瞬間。

「……えっ⁉」

アタルの弾丸で額のあたりに穴が開き、コウタの聖剣の一撃で二つの心臓を失ったはずの魔王の身体がぐらりと浮かび上がる。

しかし、それは魔王の意思でというよりも、なにかに操《あやつ》られているかのように急に飛び起きた形だった。

その目も真っ黒で生気はない。

「だが、終わりだ」

先ほどまでのような強い力を感じないため、アタルは再び頭にめがけて強通常弾を連続で撃ちこんでいく。

「なっ」

しかし、それらは何かに防がれているのか、全て弾かれてしまった。

「そんなっ！」

「アタルの攻撃が効かない⁉」

キャロとリリアは離れた位置で驚いており、サエモンは刀に手をあてて、いつでも抜刀《ばっとう》できるようにしている。

（倒すことはできないかもしれないが、攻撃をしてきたら防がねば！）

犠牲者《ぎせいしゃ》を減らすために、サエモンは準備をしていた。

その時、地下に声が聞こえてくる。

「――まさか、俺《おれ》が残した技法をこんな風に使う馬鹿がいるとは思わなかったな」

声の主はアタルたちには見覚えのある人物。

「ラーギル、なのか？」

しかし、アタルはそんな確認をしてしまう。

顔はいつもの彼、身長や体格も変わっていない。

だがアタルが持った疑問をキャロたちも同様に持っていた。

以前に会った時よりも、そこにいるという存在感が濃《こ》く、圧倒的《あっとうてき》なものになっていたからだ。

先ほどまで戦っていた魔王よりもかなり強い。

彼自身が邪神《じゃしん》となっていても不思議でないほどに、不快な瘴気《しょうき》に満ちているようでさえある。

「くっ……」

「はあ、はあ……」

それもあって、その圧に気圧《けお》されて立っているのも苦しい者すら出てくる。

「お前の目にはどう映っている?」

「外見は同じだが、以前のお前とは明らかに違うな」

魔眼《まがん》を使いつつ、ラーギルから目を離さずにいるアタルははっきりと答える。

見た目は同じだが、別の存在であるかのように見えていた。

これまで荒々《あらあら》しくキレっぽい性格だったのにもかかわらず、今は冷静そのもので凪《な》いだ海のように穏《おだ》やかで落ち着きがある。

「お前が違うと言うのならそうかもしれないな」

望んでいた回答が得られたのか、ラーギルは薄《うす》く笑いながらそう答えた。

だが、すぐに真顔になると右手を掲《かか》げる。

「ま、魔王《まおう》が浮いて……」

リリアは、立ち上がった魔王がゆっくりと空中に浮かんでいくことに驚いている。

「小さくなりましたっ！」

しかも圧縮されて、小さな黒い玉へと変化していったことをキャロが指摘《してき》した。

「ふっ、この力は有効活用させてもらうとしよう」

その玉に秘《ひ》められた力にニヤリと笑ったラーギルは、今度はアタルに視線を戻《もど》す。

「そろそろ終わりが近い」

「終わり――邪神が復活するということか？」

「終わりが近いんだ」

アタルの質問に答えることはなく、同じ言葉を再度口にするとラーギルはどこかへと飛び去って行った。

今回はいつものようにミーアやバーズを供にせず、単独でここにやってきたようで、闇《やみ》を切り裂《さ》き、暗い空間に飲《の》み込まれるように消えてしまった。

しばしの沈黙《ちんもく》が広がる。

誰も息ができない。

闇を切り裂いて消えたならそのあたりにある影《かげ》にまだあいつがいるかもしれない。

戻ってくるかもしれない。

そう思うと誰ひとり声すら出せなかった。

そして、数分ほど経過したところで、誰かが恐怖《きょうふ》の頂点に達し腰《こし》が抜けてしりもちをついた音をきっかけに、全員の緊張《きんちょう》が解けて行った。

「――終わりが近い、か」

安堵《あんど》の空気が広がる中、険しい顔をしたアタルはラーギルが消えた場所をじっと見ていた。

ここまで長い因縁《いんねん》だったラーギルとの関係もついに終わりを告げるということなのかとアタルは考えている。

「色々掻《か》き回していたようでしたが……終わりということは、世界を滅《ほろ》ぼそうとしているのでしょうかっ？」

アタルに駆け寄って心配そうな顔をしたキャロは予想の一つを口にした。

「世界を乗っ取るんじゃないかな？　あの魔王が目指してた世界征服《せいふく》ってやつ」

硬《かた》い表情のままのリリアは彼女《かのじょ》なりの予想を話す。

「わからないが……なんにせよ、よくないことには変わりないだろうな」

ラーギルがパワーアップしていることをまざまざと見せられたサエモンは渋《しぶ》い表情だ。

「アイツとの戦いに向けて人類は本当に最後の準備をしないとだな……」

今の自分たちで戦えるのか。あのラーギルに、そしてラーギルの仲間や邪神たちに勝つことができるのか。

ラーギルは長い時間をかけて着実に何かを成《な》し遂《と》げようと暗躍《あんやく》している。

彼が告げた終わりとは何なのか。

まだその『終わり』まで時間が許す間、やれる限りの全てをやらなければならない。

アタルはそんな強い思いでラーギルが飛んでいった方向を見つめ続けていた。

あとがき

『魔眼と弾丸を使って異世界をぶち抜く！　18巻』を手に取り、お読み頂き、誠にありがとうございます。

18巻という巻数でも継続して刊行させていただけているのは、読み続けて下さる読者様方のおかげです。

本当に感謝しかなく、今回もまた読んでみたいと思ってもらえる内容になっていればと思うばかりです。


今回は、帝国編の続きとなります。

帝国で戦うレジスタンスと知り合ったアタルたちが、職人を助ける手伝いをしながらも本質的な問題の解決に携わっていく……。

前巻で知り合ったレジスタンスのリーダーコウタが活躍する話になっていますが、もちろんアタルたちのサポートによる活躍もあります！

どのような敵が出て、どのような秘密があって、どのような解決を迎えるのか。

そのあたりを楽しんでいただけたらと思います。

また、瀬名モナコ先生による美麗イラストにて展開されているコミック版も1~3巻が発売中となっておりますので、よろしければそちらも楽しんでいただけたらと思います。

連載版もファイアクロス、ニコニコマンガにて掲載されています。

漫画ならではの見せ方と原作を汲みつつ、キャラたちが動いて新鮮な気持ちで読める展開をお楽しみいただけたらと思います。


今巻でも素晴らしいイラストを描いて頂いた赤井てらさんにはとても感謝しています。

いつもこちら側のイメージをうまく汲み取り、魅力的なキャラやイラストを描いてくださっているからこそ魔眼と弾丸が広く長く読者の皆様に愛されているのだと思います。

その他、編集・出版・流通・販売に関わって頂いた多くの関係者のみなさん、またお読みいただいた皆さまにも感謝を再度述べつつ、あとがきとさせていただきます。

最後に、次巻となる19巻の発売日もきっと帯に書かれていると思いますので、また皆さんのもとにアタルたちの物語をお届けできるように頑張ります。

コミカライズも連載中の
スナイパー英雄譚！
著／かたなかじ
イラスト／赤井てら
漫画：瀬菜モナコ
原作：かたなかじ　キャラクター原案：赤井てら
発売予定!!

魔眼と弾丸を使って
異世界をぶち抜く!
第19巻 2024年春

著／保利亮太
イラスト／bob
ローゼリア王国を
手に入れた
御子柴亮真の
躍進は続く——。
2024年春発売予定！

コミック版も好評連載中！
漫画：八木ゆかり
原作：保利亮太
キャラクター原案：bob
コミックス
①～⑩巻発売中!!
ファイアクロス公式サイト
firecross.jp
ウォルテニア戦記XXVII

HJ NOVELS
HJN31-18

魔眼と弾丸を使って異世界をぶち抜く！　18

2023年12月19日　初版発行

著者――かたなかじ

発行者―松下大介
発行所―株式会社ホビージャパン
〒151-0053
東京都渋谷区代々木2-15-8
電話　03(5304)7604（編集）
　　　03(5304)9112（営業）

印刷所――大日本印刷株式会社

装丁――木村デザイン・ラボ／株式会社エストール

Printed in Japan

ISBN978-4-7986-3368-8　C0076